东南业
游侠记

领略够真、够酷、够味的
原生态东南亚风情

郭涛 著

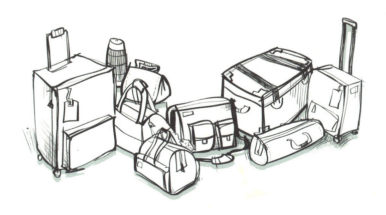

北京出版集团公司

北京出版社

图书在版编目（CIP）数据

东南亚游侠记 / 郭涛著. — 北京：北京出版社，
2015. 10

ISBN 978 - 7 - 200 - 11630 - 4

Ⅰ. ①东… Ⅱ. ①郭… Ⅲ. ①游记—作品集—中国—
当代 Ⅳ. ① I267. 4

中国版本图书馆 CIP 数据核字（2015）第 234331 号

东南亚游侠记
DONGNANYA YOUXIA JI

郭 涛 著

*

北 京 出 版 集 团 公 司
北 京 出 版 社 出版
（北京北三环中路 6 号）
邮政编码：100120

网　　址：www.bph.com.cn
北 京 出 版 集 团 公 司 总 发 行
新 华 书 店 经 销
北 京 天 颖 印 刷 有 限 公 司 印 刷

*

889 毫米 ×1194 毫米　32 开本　10 印张　250 千字
2015 年 10 月第 1 版　2015 年 10 月第 1 次印刷
ISBN 978 - 7 - 200 - 11630 - 4
定价：39. 00 元
质量监督电话：010-58572393

徐铁人

旅行摄影师，知名旅游博主，影视演员，旅游卫视《美丽目的地》主持人

跟郭队快乐地玩儿

旅行、旅游、行走、穷游、度假、流浪……每日在水泥丛林中，为生活事业打拼，做什么事都要寻找意义，给"出去玩"冠以各种名头，计算金钱的代价、时间的成本、精力的付出。玩+乐这么一项轻松自由的本能，人长大了反而废了！

"你写PPT时，阿拉斯加的鳕鱼正跃出水面；你看文件时，梅里雪山的金丝猴刚好爬上树尖；你挤地铁时，黄石公园的山鹰一直盘旋云端；你在工作中吵架时，尼泊尔的背包客一起端起酒杯坐在火堆旁……"不好意思，依鄙人愚见，正是这种标准文案式的愿景给"出去玩"穿上了八寸的高跟鞋，华丽却懒得迈步儿，仿佛不搞个间隔年、不去点地名生僻拗口的地界儿，就不值当走出家门。

郭队就是那个乐此不疲地跳出来提醒你的人，他就像是每个人都有的那位小学同学，总挑你正跟作业本大眼瞪小眼的时候，在你家楼下、窗根儿喊一嗓子：那谁谁，出来玩儿！地图上挑个地方，找点好吃的，做点好玩的事，遇上有趣的人，Going？勾引？如果你决定出发，迈出第一步，那么旅行中最困难的部分已经结束。

旅行的脚步一旦迈出，真的很难就此打住。就像一只井底的青蛙，努力地跳出井口，忐忑地欣赏"美丽新世界"，从此再也回不去井底。玩儿并不是一门科学，因为科学需要数年的研究，或是需要付出人生大半时间进行技术学习。人生在世就像一场旅行，每天的日子就是你途经的每一站风景，有温暖、有郁闷、有喜悦、有悲伤，无论玩得开心与否，都是自己独一无二的体验。

在旅途中，今天接受帮助，明天反助他人；今天米其林饕餮，明天苍蝇馆赏味；今天酒店享受，明天民宿逍遥；今天艳遇人，明天偶遇狗；今天长了见识，明天练了胆量……随遇而安的旅途，淡然自在的走走停停，没有贪婪的景点打卡签到，不用到此一游的照片在朋友圈搏几个赞，欣赏郭队用双脚和眼睛，用好奇心和热情，在时间与空间的交错中，像当地人一样生活在那里：寻找当地的美食，参加厨艺学习课程，学会几道异国风味的拿手菜；去当地的酒吧尝试本土佳酿，喝出了一晚萍水相逢；自驾四轮、二轮各种车穿行在柏油路、山路、快没有路的路上，用避震回力感受大地的拥抱，同时，也坐坐地铁和公交，给当地的早高峰"贡献"一份力量；厚着脸皮做点好玩的事，看看当地的水上木偶戏，去跳蚤市场淘淘宝贝；对农贸市场和菜市场情有独钟，对老爷车、改装车如痴如醉。

没有洗脑式的XX必去、XX必吃、XX必买，要知道，当你一路上总在担心是否错过、漏掉了什么的时候，其实你已经错失了玩乐的意义。郭队只是用平实的语言，接地气的态度，不同的角度，聊一聊在某个地方的二三事，若你已不再满足成日奔走于景点的日子，而是乐于在交流与互动中获得新的生活体验，我想这本书会很对你的胃口。

一个朋友说，旅游就是从自己活腻味了的状态中抽离，去别人活腻味了的状态中体验下。那我希望，当我老的时候，躺在家里亦或医院的床上，头脑中闪回一段段人生历程的状态是"哈哈，老子当年还干了这件事"，而不是"唉，真后悔"。

你呢？

濠江客
资深媒体人，国际问题评论员，
现任新媒体《东北亚财经》主编

在他国的桥上看风景

我喜欢看游记已经很多年了。

"在被飞机起飞的时间表逼到非走不可的时候，我才匆匆在地球仪上找出巴黎的纬度，以确定应该往包里塞进什么季节的衣服。接着，在书架上抽出一本雨果的《九三年》，给行囊封了顶。"

林达在《带一本书去巴黎》（2002年第一版）中的文字，曾经让我着迷。那个时候，我只因公坐过一次短程飞机。

比如《最好的时光在路上》，郭子鹰说：一辈子是场修行，短的是旅行，长的是人生。

他写缅甸的蒲甘，称那里是嘈杂世界的静音键。他到印度的喀拉拉，感慨谁不暗恋桃花源。对于斯里兰卡，他说那里是爱丽丝的另一处仙境。

在我还没有过出国经历的时候，游记已经带着我去过很多地方。

这是游记的迷人之处，也是游记的阅读价值。

没去过的地方，可以看游记，了解异国他乡的种种妙处；去过的地方，也可以通过别人的眼睛和路线，发现不一样的旅行体验。

喜欢出游的朋友或有体会，即便你手里拿着一本旅游指南，也未必能寻找到别人的记录里有趣的存在和深切的情感。

"对我来说，这个国家不仅要解释为什么去，还得解释为什么一去再去。因为这是一个去不够的地方。对此，很多人表示无法理解。"

在这本名为《东南亚游侠记》的书里，作者是这样记录他对一个国家的复杂情感的。

只有对一个地方产生了近乎情感的旅行体验，才会想到一次又一次地前往，不断找到与我们心灵契合的奇妙世界。

在这本书里记录的几个东南亚国家，我们似乎都不算陌生，甚至有的国家可能去过，或者多次去过。

"火车在印度的角色真的像是神一样的存在。来印度旅游的原因有很多，有些人喜欢文化历史，有些人喜欢自然风景，而来印度的人中一定会有人因为这样一个理由：火车。"

印度，正是前文中作者说到的那个应该一去再去的国家。

我没有去过印度，但是在作者的描述中，我喜欢上了印度。

"我第一次造访印度时，正逢甘地夫人落选。再访时她已再度登上总理之位，贯彻她强烈的政治主张。等到出版这本书的此刻，她已被暗杀不在人世了。像这些，都让我觉得非常像是在印度会发生的事情。"

这是日本旅行家妹尾河童1985年写在《窥视印度》一书后记里的一段话，是另一位旅行家笔下的印度。

当我们把自己融进另一个世界的时间和空间轨道里，就有了完全不同的生命体验。

印度，如果能去，为什么不去？就算是中了游记作者的圈套，呵呵。

就这一点来说，好的游记，会有一种让人"中毒"的作用。

印度是中国的邻居，越南、老挝、斯里兰卡以及我们通常说的新马泰（新加坡、马来西亚、泰国），也都是我们的东南邻居。

很多人的第一次出国旅游，就是贡献给了周边的东南亚国家。

尤其是作为出境游最经典线路的"新马泰"，多年至今备受内地游客青睐。据说，中国公民到东南亚国家旅游人数的增长率几乎每年都在30%左右。

不仅是因为地理上的水连地接，也因为生活习惯、语言肤色上的天然亲近。还有重要的一点，就是民族情感上的渊源，这些国家都有大量的华人华侨居住以及中国文化的辐射。

至今我还清晰记得，当年去泰国旅游时，那位风趣周到的泰国当地导游就是一位华人后裔。

中国与东南亚，熟悉又陌生，亲近也疏远。就像我们和邻居，如果不断造访，一去再去。慢慢地，就会喜欢上那里。

我想，本书作者或许就有这样的愿景。

在这位年轻游侠郭涛的笔下，东南亚，有声有色，有情有义，荤素搭配，好玩有趣。让人有立刻放下、说走就走的冲动。

谁说只有那些有钱有闲的人才能看世界呢？从一个地方到另一个地方，就是旅行。我看别人有意思，别人看我也有意思，就是美妙的旅行。

卞之琳的诗写道：

你站在桥上看风景，看风景的人在楼上看你。

明月装饰了你的窗子，你装饰了别人的梦。

出国游的最大魅力，或许就在于站在他国的桥上，看他国的风景。

据最新的《中国出境旅游发展年度报告》显示，2014年中国出境旅游市场首次过亿，达到1.07亿人次，比2013年同比增长19.49%。从总量上来看，已经连续2年成为世界排名第一的世界客源地。

而在中国人出境游目的地国家排行榜上，东南亚国家总是名列前茅。

值得注意的是，在传统的新马泰之后，印度、斯里兰卡、马尔代夫、尼泊尔等南亚国家的旅游热度正在上升。东北亚的日本、韩国和俄罗斯的旅游关注热度，也在不断升温，甚至有超过东南亚热点国家的趋势。

在越来越多的中国人正在走出国门的情况下，这本《东南亚游侠记》正好为东南亚旅游加油！

濮江宁

写一本旅行感官的图书对我来说不是什么难事，翻看着旅行中的图片，回忆着路上各种不着调的情节，聊着天似的就给搞定了。可说到写自序，真让我有点犯难，自己眼中的自己是个什么样子？对于没有相过亲的人来说这真是完全不具备的技能。

要不然还是从旅游说起吧，我特别不喜欢去人云亦云的地方，所以第一次就出了一趟远门，直奔埃及！第一次出国就去埃及也真是醉了，我估计很少会有人这样吧，至少都会先去个新马泰热热身。记得那次去开罗的时候，正好赶上反动组织活动，把我们前一天刚刚住过的酒店给炸了，想想还真是惊险呢！十几年前的互联网也不发达，家人特别着急，何况是埃及这种远地方，后来因为机票的问题在开罗滞留好几天，发传真回单位请假都写得跟遗嘱似的。

出来玩这种不可控的因素会特别多，你要面对它、解决它，这都会成为你今后的谈资。旅行的意义是什么，每个人都有自己的看法，越乱越开心可能就是我的答案。

认识我的人都知道我去过10趟越南，近几年年年都去，过半的人觉得我在那边要么有房产要么买过媳妇儿，这些朋友真是一点儿都不靠谱，其实人家是很正经的。东南亚有两个方面特别吸引我，其一就是他们殖民风格的建筑和风情，在那里可以看到很多不一样的城市环境，而这其中又充满着冲突与融合，这就是在东南亚，你在欧洲绝不可能感受到；其二就是氛围，这也是为什么很多老外也喜欢来东南亚的原因。举个最简单的例子，我们去北欧玩，每天中午天还没亮，下午两点多天又黑了，一天能玩耍的时间几乎要用分钟去计算；而到了其他的欧美国家，也都是照章行事，你想周末逛商场？抱歉！休息。你想凌晨吃宵夜？抱歉！打烊。而你在东南亚，这些问题都不再是问题，所有的产业都是24小时连轴转的，在东南亚只有你装不下去的肚子，没有关了门的馆子。这就是我眼中东南亚的魅力所在，或许说是我胃里的更合适。

在吃这方面，我一向都是入乡随俗的，只要一到了国外，我的身体系统就自动屏蔽中餐模式了，甭管当地的饮食多难吃，我都会尽量地体验，因为吃和住是到一个地方之后最接地气的两件事情。而作为一枚吃货，最优秀的地方就是不管环境怎么恶劣，我都能找到其闪光之处，更何况我自身的宽容度极高，多辣的、多脏的都不是事儿。

我是一个地道的吃货，不过是属于比较走心的那种，除了知道好吃，还得知道是怎么做的，我自诩这是吃货的最高境界。因为不论是美景还是美食，重在一个分享，你出去玩一趟回来就开始跟别人吹牛，说哪哪儿特别漂亮好歹还能有照片看看，说什么什么好吃那就纯属耍流氓了，空口无凭的事咱绝不能干。所以，我到哪儿的必修课都少不了当地的厨艺学校，能把好味道带回来那才叫负责任不是吗？

我保证手艺比蓝翔的强！

第二章
老挝 的士高环抱中的静吧

第一章

SRI LANKA

东南亚游侠记

斯里兰卡

去吧，真的
和印度不一样

为啥去
WHY TO GO

　　这恐怕是每一个要去旅游的人都会想的问题，选择斯里兰卡对我来说就两个理由，一是喜欢印度，2007年的时候去玩过一次，觉得很有意思。但去过印度的人基本分成两种，一种是无论怎样还想再去的，一种是打死也不想再去的。我老婆就属于后一种，各种威逼利诱都不能使之动摇分毫，没办法，只好曲线救国——找个和它差不多的地方。要不然去趟斯里兰卡？最后目标达成！

　　另一个其实算不上是理由，就是东南亚已经跑遍了，唯独忽略了这里。都说斯里兰卡是印度洋上的一滴眼泪，在地图上看也确实是泪滴状。斯里兰卡南北最长433公里，东西最宽244公里，倘若有一条好路、一部快车，绕着转上一圈也用不了多长时间，但那里并没有好路，更没有快车。

　　斯里兰卡本身就跟微缩景观一样，麻雀虽小却五脏俱全。不过它最大的优势还是其自然环境，斯里兰卡被评为全球物种最丰富的25个地方之一。说斯里兰卡是一个"地方"真是对人家的不尊敬，不过它确实是太小了。

　　去斯里兰卡之前，我就知道这里的动物多、植物多。说起动物，非洲有著名的五霸，这里也有五霸——锡兰豹、大象、懒熊、野生水牛和大蓝鲸；植物的种类更是数不胜数，尤其推荐去看看山区的茶树，品品地道的锡兰红茶。

咋玩的
HOW TO PLAY

租个车怎么就这么费事

回过头来看看，在斯里兰卡自驾真是一件非常英明但"不作死就不会死"的事情。本以为就是开车，没有什么难的，我好歹也是"专注开车二十年"的老司机。泰国、英国、澳大利亚这些右舵车的国家我都很熟，可以说是驾驶经验丰富，我相信在这里也一定可以很快上手，不就是路口右转要看灯，进转盘的方向是反的吗？而事实也证明记住这两条就齐活儿了，其他的交通状况只能是随机应变，因为实在是太复杂了。

所以，如果你反应慢，那真就别开车了。

可能有不少人没开过方向盘在右边的车，其实与左舵车相比，基本配置都是一样的，脚下的油门和刹车踏板也是一样的（很多人会以为这也是反的），唯一不太一样的就是左右手的拨杆。那么问题来了：在国内我们左手是转向灯和远近光的切换，右手是雨刷器；而右舵车里是反过来的，我觉得这是最难记住的。所以当你看见一个外国人

■ 去吧，真的和印度不一样

在斯里兰卡开着车，大晴天的刮着雨刷器，一定记得离他远点，他肯定是要转弯。

其实这说的不就是我嘛！光是转弯的时候容易出错也就罢了，斯里兰卡的交通跟印度比真是半斤八两，搞得你连路怒症都没了，但有时气得想晃晃大灯！可是正当你在气头上右手狂拨的时候，发现自己开了雨刷器，瞬时又会把自己气笑了。

在斯里兰卡怎么才能自驾游呢，基本就是租车了，不过你得有国际驾照。

首先得有一份英文的公证，自己去国内的公证处办理就可以，但斯里兰卡很严格，有国内驾照原件和英文公证之外还需要有当地的驾照。因此只好费点事，去当地的交管局办理一下。

姑且称这个地方是交管局吧，反正特大，在科伦坡的城里，考交规、考停车等事情都在这里办理。因为机场在靠近尼甘布的位置，一下飞机，我们就打车去当地交管局，一路上司机大哥听说我们要自驾游，极力劝我们放弃，并不断咒骂路上的那些TUKTUK（突突车，东南亚常见的一种三轮车），中心思想就是我们会有去无回，说完之后拿出来一小本跟我说："兄弟你看，都是各国游客给我写的好评，你包我车好不？"

其实包车也有很多好处，不仅不用管司机吃饭、住宿的问题，司机还能当半个导游，玩累了就上车休息，而且价钱比租车还便宜！但这样就少了很多乐趣，所以我们的立场还是相当坚定的。

话说科伦坡的交通真的让人焦头烂额，明明很近的距离，就是很久也到不了。费了九牛二虎之力终于到了交管局，里面特别热闹，一进门就是考场，就连TUKTUK也是需要考执照的。

交管局里面很多个部门，不同的字母编号办理不同的事情，标号为H的大厅是负责办证的，进去之后有个标有Foreign Licence Conversion字样的柜台，填表、拍照、签字后交1000卢比，就可以拥有一份合法的斯里兰卡驾照啦！不过有效时间只有一个月。

自驾的时候一定要带齐各种证件，别看斯里兰卡的交通状况不怎么样，但交警很多，尤其是出了城之后，有的地段恨不得三步一岗五步一哨，一路上难免被截下来一两回查查证件。

现在咱是有驾照的人了，去租车！

说到租车又是一肚子苦水，租车公司提供的车都还不错，基本都是自动挡的日本车，有日产的天籁、本田的飞度，都很好开，但几乎没有SUV的车型可以选择，估计租车公司认为不会有游客发了疯往最难走的中部山区里开，事实也证明了这点。当我们开着租来的小飞度豁了命似地驰骋在暴土扬尘的大路上时，身边咆哮着经过的全都是大卡车和吉普车。

租车的话，比较方便的就是在机场，不过整个斯里兰卡也没几家像样的租车公司。我在班达拉奈克机场选的Europcar，谈不上什么性价比，因为没什么可选，好在我们租的时间比较长，价格还算是比较优惠，9天算下来差不多3000多块人民币。

提车的地方就在机场附近，还算方便，我租的小飞度Shuttle，相当于一个两厢车的旅行款，空间更大，适合装我们的大行李箱。提车的流程比较常规，看看各种划痕，做个记录，检查一下备胎……结果发现，我租的车竟然没有备胎！不过已经提完车了，只好设置好地图导航上路。

斯里兰卡初印象

提到斯里兰卡，总觉得这是一个小得会叫人忽略掉的地方，难怪当别人得知我去斯里兰卡玩的时候，就会问我：这是一个国家吗？

请忽略掉我这些没有常识的朋友提的问题。虽然它是面积仅有6万多平方公里的小岛国，但却"五脏俱全"，甚至可以说是地小物博，要啥有啥！

我对所有国家的第一印象来自机场，当你迈出舱门的那一秒钟，你第一个感觉是什么？一定是气味！坐了8个多小时的航班，当你打算深吸一口这向往已久的印度洋气息的时候，嚯！潮热中泛着咖喱和无名香料的味道扑面而来，几乎和新德里一模一样，这明明就是印度嘛！

相比较印度的一些城市，斯里兰卡更能够被一些从"菜鸟"到"老鸟"进阶的背包客所接受。这里的人们非常友好，尤其欢迎中国游客；这里的交通虽然也很糟糕，但比印度还是强一点点；这里的饮食和印度的区别不大，咖喱和香料绝对是食物的灵魂。更重要的是对肉没有禁忌，猪肉、牛肉、羊肉、鸡肉随你怎么吃，不像在印度，游玩一圈下来人也瘦了一圈；还有，在这两个地方，摇头YES点头NO的表达方式也是一样的。

在斯里兰卡游玩的第一站就从尼甘布开始吧！班达拉奈

克机场距离这里特别近，非常适合作为旅程的起点。而从机场到首都科伦坡着实够远，作为首都也确实对得起"首堵"的称号，交通不怎么样自然景观又不多，索性路过就好。

斯里兰卡的航空貌似也不太靠谱，服务其实还不错，飞机上的设施也相当完善，但航班准点率很不好说。有一次我们在尼甘布坐火车晚点了，旁边的大叔看我们是外国人忍不住攀谈起来，说火车是这样飞机也这样，你们看斯里兰卡的航班代码是啥？UL对不对，那是Usually Late的缩写。

大叔一语成谶，第二天我们回国的航班被取消了。

视线回到尼甘布，游客聚集的主街就这么一条，小城市的旅游资源并不多，但依稀可以看出要起飞的势头，正在沿海而建的各种大小酒店就能说明这里日益增长的消费需求。教堂和神庙我兴趣不大，倒是城中的运河推荐一看。

1640年荷兰人从葡萄牙人手里得到了尼甘布，不过没两年的光景就又丢掉了，1644年荷兰人卷土重来，才重新拥有了这里，并且垄断了香料市场。1796年英国人又夺走了尼甘布，这些历史我们就不细说了。荷兰人在尼甘布的这段时间干了两件事：种肉桂，修运河。

我们都说荷兰是风车之国，其实它也是运河之国，荷兰有三分之一的地方海拔不到1米，还有四分之一的土地比海平面还要低，假如不筑堤排水，国土就会被淹没。所以修运河对荷兰人来说可谓轻车熟路，一条从尼甘布开端，向南延伸到科伦坡，向北通达到普塔勒姆的120多公里的运河就这么诞生了。

在主街两侧的小店里面，可以租到自行车或者摩托车

（目前不需要驾照），沿着运河堤坝的小路能看到很多水上的风景，从哈密尔顿运河尽头的小路沿着尼甘布咸水湖骑行，穿过几座跨湖的小桥后，能够完全深入到当地人生活的环境中去。

咸水湖上的小桥是尼甘布我最喜欢的地方，这不是景点，但却是最美的地方，尤其是傍晚时分。一艘艘停泊在岸边的船只摇曳在湖水当中，落日的光辉毫无保留地洒在湖面上，渔夫坐在甲板上安静地修补着渔网，准备明天的劳作，此情此景，美好到你想让时间静止。

去买鱼

尼甘布是个渔村，来到这里，记得一定要去看看当地的鱼市场。

尼甘布有两个鱼市，距离城中较近的可以白天去看，那里遍地铺满了鱼干，特别壮观，密集恐惧症者慎入。由于这里的光照非常强烈，只需一两天就可以把鱼晒得半干，当地的渔民也热情地把晒好的鱼干让我们品尝。一入口，那种最原始的鲜味一下子就在嘴里面扩散开来，也许你在吃上从来不吝惜花费财力，但其实真正的好东西往往不需要太复杂。

另一个较大的鱼市场在靠近咸水湖的一方，是周围城市的主要供给，所以到这里批发的商贩也来得很早。考虑到人一定会很多，我们并没有开已经租好的汽车，而是打了一辆突突车前往，即便是这样，五点半到的时候也已经快没地方停车了。

鱼市的一侧就是港口，船头朝里停满了刚刚出海回来的船只，似乎渔民们今天的收获都很不错，地上铺满了各种各样的鲜鱼，其中以两种鱼最多，一种是我们熟知的金枪鱼，另一种叫作蝠鲼，是鳐鱼的一种，长得像蝙蝠似的，极大！

据说蝠鲼没有攻击性，但在受到惊扰的时候，它的力

量足以击毁小船，看它的个头，谁也不会怀疑它也确实有这个实力。通常蝠鲼会被切成左中右三块，到了市场上再拼合起来，好向买家展示实际的大小。当然也有些个头极大的，会被切成更多的小块，我眼睁睁地看着一辆卡车里只装了一条蝠鲼就已经被塞满了。

在市场里头除了卖鱼，还有收拾鱼这么一个营生，一般就是俩三人，一人守一根大树桩子，买好的鱼需要去头

开膛、改块改片的就来这里，要说工具也很简单，只一把乌黑黑的圆月弯刀，无它。

我们都管杀猪的叫屠夫，我觉得在斯里兰卡，宰鱼的同样气势非凡。五点多钟天还没亮，甚至天色都不足以让人看清手中的刀和鱼，但凭借着对鱼的熟知，宰鱼大哥还没有动手就已经知道这一刀刀将何去何从。

带头大哥把弯刀舞得虎虎生风，说时迟那时快，只听"咣咣"几声案头上的闷响，一米多长的大金枪鱼瞬间已经变成了大小均匀的鱼块儿，而我为了拍张照片已被溅得浑身是血。

这一趟下来，天边也渐渐亮了起来，咱们打道回府。突突车司机人很热情，走着走着就把我们带到了一处偏僻的小巷子里，灭了车，扶了扶看着很斯文的眼镜，从司机的座儿底下哗啦啦地抽出了一把和刚才带头大哥一模一样的砍刀，此时我也似乎明白了一些……

果然不出我所料，他是要去——磨刀。

攀谈之下得知，司机的家里也做海鲜生意，这刀是干活的家伙，需要经常保养才行，因此我们也有幸来到了这家集生产、销售、维修、保养为一体的综合刀具4S店。店里面烧着两口火炉，非常热。一个白发老者赤裸着上身拉着风箱，炙热的火焰把铁器烧得通红，一副金庸笔下武侠小说的场景。

鱼市场行程到此结束，司机师傅你赢了。

斯里兰卡安全行车秘籍100条

不拦着我真能说100条你信不信，但是鉴于篇幅我还是拣一些重点的吐槽。

1. 关于公交车

任何发展中国家的公交车在我印象中都是神一般的存在，斯里兰卡同样如此，而且更甚。超响的气喇叭、永远不会亮的尾灯、从来关不上的车门、浓烟一样的尾气……这么一对比，突然觉得国内的公交车就像小婴儿一样可爱。

这里的公交车也是外表花里胡哨，形状方头方脑的呆萌样子。基本上属于塔塔（TATA）和阿斯霍克雷兰德（Ashok Leyland）两家公司，车龄都是退役级别。

公交车在城里行驶得并不慢，你以为车子到站了，其实人已经下去了；你以为车子要上人，其实它已经出站上路了。所有人上上下下都是用跳的，速度很快、和谐有序，而车始终是走着的，没有完全停下来过。

出城之后，公交车更加疯狂了，即便是需要错车的小路也几乎保持在70km/h左右的时速，想想看，早些年的电影《生死时速》要是换个斯里兰卡的当地司机，估计就拍不下去了。

2. 关于TUKTUK

TUKTUK是东南亚国家的交通象征，在斯里兰卡一共有两种TUKTUK，在外行人看来是一样的，其实差别很大。一种是意大利比亚乔（PIAGGIO）生产，纯进口质量好；一种是印度巴贾（BAJAJ）生产，对斯里兰卡来说也算是进口货，但质量就让人无语了。

乘坐TUKTUK到城外局限性大了一点，在城里TUKTUK老牛了，见缝插针见谁都不服，可一出城立马就老实了，毕竟它开不了太快，三个轮子在过一些沟沟坎坎和急转弯的时候都要很小心。

3. 关于动物

斯里兰卡有很多国家公园，盛产各种动物，即便是平时走在路上你也不会感到寂寞。各种动物悠然自得地躺在路上睡觉，车来了都不知道挪挪窝。我一个星期碰见过各种动物，狗、猫、鸡、蜥蜴、猴子、大象、鹿、孔雀……开车游玩过这么多地方，能遇到孔雀开着个大屏在路上遛弯也就是在斯里兰卡了。

4. 关于加油

这似乎不是什么大问题，在斯里

兰卡全境都有加油站，只是在山区数量会少一些，要自驾游的话当你需要进山的时候最好给车加满油，蜿蜒曲折的山路会让油耗急剧增加，仪表上的剩余里程就成了摆设。

5. 关于路况

斯里兰卡的很多高速公路都是由中国人修建的，第一天到这里的时候我觉得是出国了，结果一上高速瞬间有种"还没有出国"的感觉：从高速护栏到沿途的路灯，完完全全的中国模式。

和高速公路比起来，当地的县级路况只能用噩梦来形容了。在我们自驾的过程中几乎有一多半的道路处于施工状态。粗颗粒的砂石路面非常滑，但很适合培养拉力车手，如果有机会在斯里兰卡的山区办一站WRC（世界拉力锦标赛），那一定很精彩。

已修好的路也不是那么好开，你会发现很多路面都是新的铺在老的上面，导致路肩和路基之间特别高，错车的时候一定要小心。

斯里兰卡是个中间高四周低的国家，自驾去茶山的路上基本都是山路，弯多得让人崩溃。这点和老挝特别像，也是往南走一马平川，往上走曲溜拐弯，自驾的话不建议车内乘客为两人以上，否则后座的朋友真的会吐死在车里。

同样还是山区的问题，如果出门比较早，晨雾会很大，虽看起来很美，但看不清楚路。

晚高峰的上班族

我有严重的路怒症，所以最怕早高峰和晚高峰，可到了斯里兰卡就被调教得服服帖帖。在这种地方可不能太较真，一较真人就该疯了。

为了躲避早、晚高峰，为了响应绿色出行，为了斯里兰卡的蓝天，今天我决定坐火车！

斯里兰卡其实有很棒的火车线路可以推荐，主要是山区和沿海的线路，从尼甘布到康提那段号称是斯里兰卡最美的线路之一，但该段我是自驾走完的，因此只能道听途说一下；还有从加勒到科伦坡沿海这段风景也不错，虽然我也没有坐，但开车一直是沿着铁路走的，目测不错。

可来了斯里兰卡不体验火车旅行那是不完整的，于是我打算从尼甘布到科伦坡坐个往返体验一把，正好抽空再去趟城里的大市场，就这么愉快地作了决定。

从尼甘布到科伦坡需要一个多小时，每天的车次也不少，火车被分成三个等级：一等车、二等车、三等车。

先说说一等车，一等车里面还细分为有座位的、有卧铺的，还有观景包厢的，太高端了。这些一等车厢特别受欢迎，而且价格公道，1000多卢比就够了，有的跑长途的观景车厢里还有大型后视观景窗，像尼甘布这种短途的城镇穿梭线路就没有配备。

　　二等座其实也还不错，横排的座椅，人也不多，而且还有电风扇呢，其实车厢内也不怎么热，因为无论何时车门都是开着的。

　　三等座最接地气，基本就是靠着车厢放置一排座位，类似北京地铁那样。乘坐的原则就是没有原则，你能进来你就进来，你进不来扒在车外面也行，车厢里里外外任君选择！当然这个票价也是出奇的超值，从尼甘布到科伦坡30多公里才70卢比，合人民币3块多钱。

去程我选了二等座，人少惬意，但明显我还不够作，于是回程我选了三等座，下午五点半的那趟。五点半的科伦坡中央火车站人声鼎沸，因为火车习惯性晚点了，站台上的人越聚越多，本来车票是按照车次买的，一开始我买了6点多的车次，到早了想换成5点多的，售票窗口里的哥们直接一摇头，没问题，随便坐！

对于短途火车来说，一般晚点时间还是可以接受的；要知道长途火车晚点的时间更长，晚点公告基本上是以天为单位的，比如晚1/4天、晚半天，等等，真是晚点无底线。

从科伦坡回尼甘布的乘客基本上都是上班族，住在沿线不同的地方，因此这趟车上的乘客穿着还是非常得体的，但无奈天气太热人也太多了，汗味、体味还有食物的咖喱味各种味道混在一起异常浓郁，即使火车没有门，仍然散不出去。

好在这趟火车的里程较短，坚持了40多分钟，人也就渐渐少了。这趟车会经过科伦坡的国际机场，好多穷游的人都比着省钱，比如奔机场不打车，说真的，赶上晚高峰的时候就别抠了。

这一趟下来，我已经变成水人了，浑身上下完全湿透，瘫坐在一排脏兮兮的椅子上留下了一张记忆深刻的照片。

斯里兰卡，越来越好玩了。

大象孤儿院 不是必须的选择

一听"孤儿院"这词就让人起了怜悯之心，再加上大象和小象憨态可掬的样子，使得好多人还没去就已经抵挡不住诱惑了，觉得这地儿好得去，能给小象喂奶、能看象群洗澡等等，但其实打着这种旗号赚钱的地方，未见得真有多好。

为了验证我这个理论，我还是义无反顾地去了。

今天的路线是从尼甘布出发，开车到狮子岩所在的城市——锡吉里耶，中途可以稍加绕道前往品纳维拉大象孤儿院（Pinnawala Elephant Orphanage）。

大象孤儿院按理来说应该算是一个机构，这地方最初是为了收养被遗弃或者是父母双亡的小象而建立的，但现在来看完完全全变成了商业动物园：买门票要花钱，喂养小象要花钱，拍个照片也被索要小费，唯一还要来的理由或许就一个：你能一次看到几十头大象在一起，仅此而已。

虽然爱心满满地到了品纳维拉，但我从一进来心里就不是个滋味，或者说还没进门就已经觉得满满的负能量了。

孤儿院里面大多是人工建造的围栏，象群被围成了几个部分，有些流放在空地上，游客可以在工作人员的协助下拍照，不过坦白地说这些大象的脾气够好，也相当顺从，配合度极高。还有另外一些年龄比较小的象被圈在低矮的围栏中，每天到饭点的时候开始喂奶活动，交钱买一瓶奶，手把手地喂给小象，虽然时间很短暂，但可以亲手抚摸一下它们的额头，还是挺感动的。

对于孤儿院的大象来说，还有另外一个重要的任务，就是繁殖。从这点上看完全是有悖于该机构设立初衷的！当然了，比起泰国的大象，我觉得这里的大象朋友们还算是幸福的，毕竟不用天天画画、算算术，本来嘛，人家只是一只大象耶！

可以说除了拍照，最值得期待的就是看大象洗澡了。每天上午10点至12点和下午2点至4点这两个时间段，所有的大象都会在驯象师的带领下从园区横穿马路到对面的河里洗澡，这是大多数人难得的机会，可以见到如此之多的大象聚集，场面相当壮观。不过在大象蜂拥而至的时候，建议不要和这些大家伙靠得太近，以免"狭路相逢"，后果不堪设想。

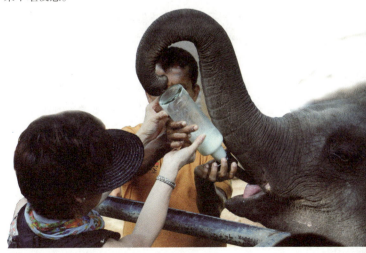

在河边有好几个连在一起的餐厅，都是"依山而建"的格局。可以靠在栏杆上休息乘凉，再要一壶地道的斯里兰卡奶茶，看着象群自由自在地洗澡，你会觉得这才是它们的美好生活。

象群洗澡的时候驯象师会把它们一只一只地按在水里，用大毛刷清洁皮肤，而且这是个很好的互动环节，只要你愿意就可以下河给大象洗澡。这确实是很特别的体验，不过记得把大象洗干净的同时也得把自己收拾好了，据说有的人因为给大象洗澡，皮肤上粘了虫子，被咬得惨不忍睹。

洗澡的活动会持续较长时间，全天当中所有的游客也会集中在这两个时间段出现，想要找个好位子的话，一定要早。另外，如果天气不给力，下着雨的话，洗澡的活动也会取消。

在品纳维拉大象孤儿院附近还有一个叫作"千禧年大象基金会"的组织，进去同样需要收费。千禧年里的大象很多是人们从驯象师的虐待中解救出来的，还有一些是从工作场所退役下来的，来这里的志愿者至少要连续服务一个月，去帮助这些受到过伤害的大家伙们。

正所谓靠山吃山，靠大象就只能"吃"大象了。虽然对这些昂贵的门票和设置的环节表示不满，但有件事还是值得肯定的，那就是用大象粪便做环保纸。

附近也有几个造纸作坊，原料就是大象的粪便。工作人员把大象的粪便收集起来，通过煮的方式进行消毒，接

着进行搅拌、染色等工序形成纸浆，再通过传统的造纸术把这"一坨坨"变成"一张张"。

　　变成纸张之后用途很多，书本、便签是最常见的纪念品，我最喜欢的冰箱贴也是用"便便"做的，此行我也买了很多象粪纸制品做礼物，收到礼物的朋友表示非常喜欢，当然他们并不知道这个故事。

疯狂的石头！锡吉里耶狮子岩

　　说起来看石头，有很多地方可去，最著名的当然就是乌鲁鲁的艾尔斯岩，巨大到无法形容，开车绕一圈也需要好长时间，对，这说的是澳大利亚的景儿。斯里兰卡其实也有一块巨石，叫狮子岩。狮子岩就是一座古老的死火山栓。什么叫死火山栓？通俗了说就是火山喷完了最后从火山口涌出来的熔岩冷却之后，凝结成的一块大石头，经过了几百年的风雨洗礼，变成了现在我们看到的样子。

　　就像玩石头一样，起初还只是块料，几个世纪以来，人们对岩石进行了很多次的改建和修复，雕琢成了现在的模样。传说公元5世纪，王子卡西雅伯弑父篡位，为防止兄弟报复，在狮子岩的顶上建造了很多军事设施和一座皇家宫殿，历经时代变更，这座空中宫殿逐渐湮没在丛林中，直到一千多年后的1898年才被英国的猎人发现，不过当年辉煌的建筑已经不复存在了，通过数十年的挖掘才呈现出现在狮子岩的面貌。

　　狮子岩是个纯粹的历史景点，在拜访的时候不会有太多的禁忌，但因为建筑主体实在太大了，而且在攀登的过程中缺少一些必要的保护措施，因此只允许8:30至17:30这一时间段内游览。陡峭的阶梯有点像吴哥窟，虽然没那么险恶，却要一直往上爬，一个来回下来至少需要两三个小

时。斯里兰卡火热的天气也为攀登狮子岩带来了不小的挑战，补水和防晒都是必须做好的准备工作。

从高处俯瞰狮子岩园区，皇家气派清晰可见，最外侧有护城河以及围墙，往里走便是皇家花园，花园非常精美。整个狮子岩都远离交通干道，园中鸟语花香，异常安静。不过这里的游人也比较多，想要观赏最美丽的岩体，建议一早一晚两个时间段前来，这时的气温也更适宜。

这一大片绿地中分布着水上花园、圆石花园和露台花园，如果从正门进，一定会经过左右对称的水上花园，想要拍摄和别人不一样的狮子岩吗？那么就试试拍它在水中的倒影吧。

继续往前走，通过了狮子岩的基座，就会看到明信片上最常见的一道景观了，那就是狮子岩的旋转楼梯。楼梯笔直，自下而上，一直通到峭壁中的一处天然画廊，特别恐怖，但也够劲，其实我惦记来狮子岩，多半的原因就是想爬爬这个楼梯呢。

这个峭壁中的画廊真可以说得上有着得天独厚的优势了，因为岩体是深凹进去的，上千年来这里的岩画都没有受到过雨水和日晒的侵袭，壁龛当中一连串丰满女子的图像依旧栩栩如生。

继续沿着山体前行就会看到镜墙，这堵3米高的墙外就是陡峭的山崖，当你结束行程重新审视狮子岩的时候便会发现镜墙的存在了，它好像一条黄丝带一样绑在了岩石中间，很有意思。镜墙的表面涂了一层光滑的釉，一千多年前来到这儿的人就在墙面上写下了他们当时对于壁画中女人的印象，但现在过了这么久，想要在墙面中找到那时候的涂鸦是很难的了。

过了镜墙，上山的行程就已经基本过半了，这时候我们绕道岩石的北侧，两只巨大的狮爪踩在这里，狮子岩这一名字也是由此而来。这两只狮爪是在1898年才被考古学家挖掘出来的，在狮爪的中间是最后一段登顶的石阶，这段路也连接着狮爪和狮嘴，据说狮子象征着提醒正在攀登的信徒，佛祖说出的真理就像狮吼一样。

在手脚并用费力攀爬之后，总算登上了向往已久的岩顶。够大！1.6公顷，对这个数字没概念是吧，具体一点，相当于两个半足球场那么大。但专家说了，这里根本就没有宫殿。根据残存的这些建筑特点来看，这以前就是一个禅修的地方，我现在也想禅修一下，实在太累了。

从岩顶上往下看，这一圈都被包围在绿树中，而我今晚的住处也特别赞，就位于狮子岩不远处的林子里，一片真正的树屋。从那里远眺狮子岩，又将是一番别样的景色。

在康提过个年三十儿

在锡吉里耶的树屋上美美睡了一觉之后，迎接我们的是洒满了阳光的狮子岩，山区的森林深处昼夜温差很大，白天在狮子岩上阳光能把人烤死，夜晚温度骤降，又把人冻得要命。在简陋的露台上，树屋主人准备了亲手制作的烙饼和奶茶，特别暖心。真想一整天都窝在这里，不过我的行程安排得太紧，匆匆地来又得匆匆地走了。

好在今天的目的地也同样没有令我失望，那就是康提，一个早晚都特别适合去欣赏的城市。

从锡吉里耶到康提的路况尚好，至少前半程还是很赞的，道路两侧的树木生长得极其茂盛，中间都相互交错在一起了。行走其中就好像钻进了一个绿色的时空隧道，阳光也只能从严严实实的树叶中找个缝隙投在路上。这画面，绿得真是让人都陶醉了。

路好，心情就好，跟身体倍棒吃嘛嘛香一个道理，车也越开越快，但全世界的警察叔叔都是一样的，他们一定躲在哪里等你呢。虽然我心中有尺脚下有度，但还是如愿以偿地被警察叔叔拦下了。

不过还好，原来只是例行检查，拦车也都是很随机的，看到一个外国人自驾在斯里兰卡的山区，警察叔叔也是一惊。随后的交流很顺畅，警察主要是看看驾照和车辆保险，幸好咱们是持证上岗的，所以不怕查，查不怕。

最后为了纪念顺利放行，留合影一张，看人家还是挺配合嘛。

康提坐落在山区，道路并不像重庆的那样高低不平，它仍然是一个平坦的城市，还有着美丽的康提湖。康提的人口很多，也相当热闹，很多房屋继承了殖民时期的风格，尤其是在康提湖一角的皇后酒店（Queen's Hotel），绝对是地标性建筑。

康提曾经是康提王朝的最后一个首都，这里的城市建设和规划都让当地人有独特的优越感，而康提给游客的感觉也是如此。这里的经济虽然没有科伦坡发达，但是从城市交通秩序到居民言谈举止都显示出这个城市的文化底蕴，当然或许这也和康提有着令人敬仰的佛牙寺有关。

康提湖是城中最大的景观，它是1807年康提王国的最后一位国王下令修建的。对于建湖这个事情，当地的一些少数民族一开始是拒绝的，他们拒绝充当劳动力。为了镇压起义的民众，统治者残忍地

把抗议者处死，并将其遗体插在河底的木桩上。

但不管当年的故事如何，现在我们看到的康提湖却是那么美丽动人。湖水的面积不大，但是绕行一圈也要一个小时。在湖的中央有一个袖珍小岛，这曾经是国王的后宫，想想看他还真是挺会享受的呢。

康提湖的北侧紧邻着佛牙寺，环境清新优雅，特别适合散步。岸边树木的枝头上永远都落着无数的飞鸟。都说斯里兰卡是个观鸟的国家，不由得你不信哦，光是一个康提湖边就够你拍上半天，更何况那些国家公园里，还有很多珍稀鸟种。湖边有供人休息的长凳，走累了不妨坐下来好好欣赏一番美景，尤其是早晚时刻天空与湖面交相辉映的变化，每一个瞬间都是不同的，令人赏心悦目。

绕着湖前行，可以来到康提湖的南侧，这里给人的感受相对就差一些了，纯粹就是车辆通行的线路而已，要不有人说这是破坏环境的败笔呢。不过我可以支上一招，在南边会有一侧的山坡，我们不必环湖而行，反倒是可以从山下的小路直接上去。在山坡有很多口碑极好的酒店和餐厅，大小不同、颜色各异，每一个建筑都错落排布在山坡上，所有的房间都有无敌的山景，不过房价也是山下的几倍，而且经常会被预订一空，想要住上这样的好房子必须提前规划。

斯里兰卡的猴子特别多，尤其是在山区，而康提的猴子只能用更多来形容，路边、树上、墙头，无处不在。不过最需要小心的就是那些有大阳台的山景房了，很多猴子经常"登堂入室"，我亲眼见到好几只猴子趁人不注意，偷偷从阳台爬进屋里翻箱倒柜找吃的。

从山上下来，时间已经不早了，不过佛牙寺的好处就是晚上也可以参观，寺庙从凌晨5点半一直到晚上8点都可以进出，在这座寺庙里存放着斯里兰卡最重要的佛教圣物——佛祖的牙舍利。

进入佛牙寺的安检相对于整个斯里兰卡来说是最严格的，虽

然只是检查下背包而已，之所以要严格管理，是因为1998年的时候，泰米尔猛虎组织（斯里兰卡泰米尔族的反政府武装组织）就曾在佛牙寺的门口安放了一颗炸弹，致使寺庙很多地方遭到了破坏，在寺庙里面的博物馆就可以看到当年被轰炸后的场景，但好在现在都已经被修复了。

作为一个朝圣的地方，佛牙寺的讲究就要多一些了，脱鞋、长裤和不露肩的上衣是三点必须遵守的规矩。逢礼拜日装有佛牙舍利的房间会向信徒和游客开放，当然你并不会见到真正的舍利，它被装在一个金色的匣子里，游客只能在门口扫一眼，不允许停留。

记得我在康提的这一天正好是中国新年的大年三十儿，虽然才出来几天，但每逢佳节必思亲的感受是油然而生啊！咱今儿必须整顿中餐！

不得不说天南地北都有中国人，真是哪哪都是，这么个小地方竟然被我发现有个叫康提竹园酒吧（Bamboo Garden）的中餐馆子。就这样，在异国他乡的中国除夕夜，不知道哪冒出来的众多中国人挤在这个本来不小的餐厅当中推杯换盏。在已饿得前胸贴后背的漫长等待后总算是腾出了位子，两个人，七个菜，为我们点餐的英国老板当时就震惊了，我们告诉他，这是中国最重要的一顿饭，要年年有余才行哦。

最后意料之中的，我们把菜全都干掉了。

春节快乐！

喝喝茶 飙飙车

一说到喝茶，几乎所有人都会觉得这是中国老祖宗留下来的东西，尤其是茶道文化，那不是一般的讲究。中国茶文化是中国制茶、饮茶的文化。作为开门七件事（柴米油盐酱醋茶）之一，饮茶在古代中国是非常普遍的。据说汉族人饮茶始于神农时代，少说也有4700多年历史了，单从时间上看就早于其他国家几千年。

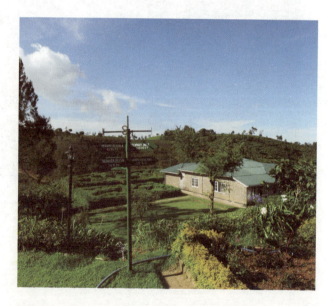

　　无论是茶还是咖啡，哪怕是可口可乐，任何一种饮品都离不开自己的文化背景，而喝茶不仅是中国的，也是流行于全世界的，甚至在很多国家茶受推崇的程度要远高于中国。

　　斯里兰卡人也喝茶，并且斯里兰卡是产茶大国，实际上最早的斯里兰卡茶是英国人在1824年作为观赏植物种在这里的，而当时大片大片的山上还满是咖啡树。但在19世纪的时候，斯里兰卡的咖啡树遭遇了灭绝性的疾病侵袭，茶树也就接着这个机会顺利上位，并一直稳坐头把交椅。1867年，斯里兰卡的第一个茶园就出现在康提的周边，茶农们发现斯里兰卡山区的气候和海拔特别适合茶树生长，自此之后整个斯里兰卡的中部山区都被绿油油的茶树覆盖起来了。

　　在斯里兰卡，茶园的分布特别清晰，500米以下的都算是低海拔茶园，这些茶园的规模很小，主要是私人农户的小规模经营，这占到了整个斯里兰卡茶业的一半。而500米以上甚至是1200米以上的中、高海拔茶园则被一些大的茶叶公司所垄断。开车行进在蜿蜒的山路上，几个山头翻过去了，还是在一个茶园之中，可想而知茶园规模的大小。

　　我们通常管斯里兰卡红茶叫作锡兰红茶，主要是源于锡兰的英文Ceylon的发音，锡兰高地红茶与中国的祁门红茶、印度的阿萨姆红茶和印度大吉岭红茶并称为世界四大红茶。

看过了美丽的康提湖日出，新一天的行程又要马不停蹄地开始了，今天要去的地方正是可以种植出最好斯里兰卡红茶的努沃勒埃利耶，一个海拔1889米的乡村小镇。

努沃勒埃利耶原本是一片在皮杜鲁塔拉格勒山脚下的荒地，当年英国的一名殖民官员看上了这里，用了10年的时间在此建造休养所。为了解决吃饭的问题，便在这里种植很多英国的蔬菜水果，包括刚才说过因为病虫全都挂掉的咖啡树。茶树也在其中，最早的茶叶就生产在努沃勒埃利耶和康提之间的山里，算是试验种植的成功，努沃勒埃利耶这才一步步地成为名副其实的"茶之都"。

努沃勒埃利耶其实也是个挺分裂的城市，城里乌烟瘴气又脏又乱，不过只要一出城立马就变样了，号称小英格兰也不为过。在这有多家很棒的历史遗产酒店，其环境优雅、风景优美，还有私人管家的贴身服务，要不是他们黑皮肤，说是在英国庄园也会有人信。

开车到努沃勒埃利耶是件很疯狂的事情，这是整个自驾行程中最艰苦的一段，把谷歌地图放大，能看到进山之后的路线就跟方便面似的，别看只有几十公里，绝对能让你开上三四个小时。

既然是茶园之旅，那今天我们就跟茶干上了！

从康提到努沃勒埃利耶，沿途走的是A5公路，其中拉布科勒茶厂是最先会路过的景点之一，茶厂前前后后的几座山上都种满了茶树，看到山坡中间白色的"MACKWOODS LABOOKELLIE"的字样就算是到了，有

种好莱坞的即视感。拉布科勒茶厂本身的规模不大，路过看看就可以了，倒是这里的茶室物美价廉，可以歇个脚再继续走。茶室里面的所有茶水都是免费的，如果加奶才会收费，比较受推崇的是他们家的巧克力蛋糕，卖相虽没那么好但味道不错，合人民币不过3块钱的价格。从茶室下去就是茶山了，可以看看绿油油的茶树，顺便拍照留念。

根据资料记载，斯里兰卡的茶叶产业为国家提供了100万个就业机会，100万相当于整个国家人口的5%。不过采茶工人的工资待遇特别低，一天采摘至少40斤的茶叶只有3美元的收入，想要知道采茶有多辛苦，倒是可以参加一些行程去体验一下。

到达努沃勒埃利耶之后，可以去参观城市东边的佩德罗茶庄，这里的工厂规模就要大很多，每天会有很多次导览的行程，游客穿上防尘工作服就可以到工厂里面一探究竟。

佩德罗茶庄也是一个颇有历史的工厂，从1885年建成之后一直被沿用至今，厂内很多19世纪的工艺设备，特别有岁月感，茶叶清新的味道弥漫在工厂里，令人非常享受。以前不管参观什么工厂多数都会有工业气味，唯有在茶厂，你想要大口大口地猛吸几下才过瘾。

在导游的带领下我们从门口采茶收集开始，进而了解到制茶的每一个环节，这里生产的是一种清茶，茶叶的处理都在晚间进行，因此在参观的时候并没有很多工人工作的场景，只有一些需要24小时运转的机器在拼命地干活。导游不仅会介绍茶叶的生产过程，也会告诉大家如何去辨别锡兰红茶的分级和不同品类红茶正确的喝法，比如有些需要直接饮用，有的可以加糖，而只有BOP红茶才是最适合加奶冲泡的。

来来来，科普一下。

在最初由英国人制定并沿用至今的国际茶叶等级标准里，红茶按照等级的高低依次分为OP（Orange Pekoe，通常是指叶片较长而完整的茶叶）、BOP（Broken Orange Pekoe，较细碎的OP，一般冲泡奶茶）、FOP（Flowery Orange Pekoe，含有较多芽叶的茶叶）、FTGFOP（Fine Tippy Golden Flowery Orange Pekoe，经过精细揉捻精制而成的高品质茶叶）、TGFOP（Tippy

Golden Flowery Orange Pekoe，含有较多金黄芽叶的茶叶）和 SFTGFOP（Super Fine Tippy Golden Flowery Orange Pekoe，经过精细揉捻精制而成的特级高品质茶叶）六个等级。

锡兰红茶一般只做OP、BOP和FOP的分级。

佩德罗茶庄的参观并不会用太长的时间，如果还有精力，那么一定要去遗产茶厂酒店（Heritance Tea Factory），这是一家用茶厂改建成的酒店，如果你能预定到这里的房间那自然是最好的了，1000多块人民币的价格听起来不便宜，但只要你到了这里就一定会觉得超值。

酒店的大厅中依然矗立着当年的大型机械，最赞的是这些机器每天还在特定的时间段运转。除了食宿，一层的茶艺学校还可以免费教大家冲泡不同级别的锡兰红茶。除此之外还可坐在酒店门口无敌山景的大露台上，点一套正宗的英式下午茶，静静享受那难得的时光，瞬间幸福指数飙升。

露台之下仍然是漫山遍野的茶树林，采茶人穿梭在其中摘下茶叶和嫩芽，一筐筐的原料被送到附近的工厂进行风干，半干的茶叶被碾碎后进行发酵，随着温度的上升，绿油油的叶子会变成棕黑色，发酵时间的长短直接影响到茶叶最终的品质和口感，最后进行烘干之后便是我们见到的茶叶了。

茶的诞生，只需要短短的24小时，而几十年不变的制茶工艺却传承着一份责任和对美好生活始终如一的追求。

在世界尽头和手机说拜拜

通常从努沃勒埃利耶继续前行的线路就是直接南下，这样能够从山区转战到海滨，本着不放过途中任何一个重要景点的原则，我又披星戴月地从高级酒店出发了，虽然真心舍不得。

斯里兰卡的山区是最出好照片的地方，每天清晨，绿树、白雾、远山、朝霞、彩云，一层一层铺列开来，像彩带，也像梯田，缤纷多彩，又层次分明，待云朵吸饱了霞光，天就大亮了。

今天仍然是混在山中，在看过的所有旅游资料中，有两个名字让我印象深刻：霍顿平原和世界尽头，其实这两者在一起，就是在霍顿平原国家公园里有一个叫作世界尽头的景点。

霍顿平原的海拔超过了2000米，直愣愣地从地上冒了出来，在高原世界的尽头，道路戛然而止，脚下就是一个将近900米的悬崖，由此得到"世界尽头"这一称号。

斯里兰卡的国家公园很多，通常是以观看动物为主题，需乘坐专门改装的吉普游览车，而霍顿平原是唯一一个可以徒步的国家公园，因此周身的装备就得稍微讲究一些。景区的成人门票为1894.65卢比，儿童票是1010.48卢比，至今我还是没弄明白几毛几分是怎么个讲究。除此之外你的车也要付钱，还得额外加12%的税费，相对整个斯里兰卡的消费水平来说真心不便宜。

公园里的路并不是很好走，本身的硬件设施和安全措施一点都不完善，这点特别需要注意。从景区的入口进去，走到世界尽头需要4公里，绕行一圈9.5公里，连玩带走地算下来起码要3个多小时。园区里面的讲究也很多，在进门的时候有一个警示牌，不许这个不许那个，加起来十几项。

清晨的霍顿平原还挺凉的，平原上的植被很有意思，背阴的一面都结上了一层冰，看过去白茫茫的；朝阳的一面则是生机盎然，对比鲜明。园区里所有人的目标只有一个：去世界尽头看看。到景点后你会发现人非常多，但可怕的是世界的尽头没有任何安全围挡，危险性很大。

我向来不喜欢去人多的地方，往往是拍张照片赶紧闪人，但我家"领导"真是个合格的摄影师，为了给我拍一张"到此一游"的照片也是蛮拼的，拍一张还不满意，非得再给我来张好看点的。正打算蹲下来继续拍，我用余光就发现一道"银色闪电"，以迅雷不及掩耳之势滑入谷底，脚下乱石林立、深不见底，但它就偏偏这么干净利落，一点磕碰都没有就不见了踪影。嗯，正是我出发前送给夫人的全新苹果手机。

一瞬间时空凝固，只悔恨前几日拍下的无数美图已荡然无存。

第二日就在国内的网站上看到了一条关于斯里兰卡的重磅新闻：说一游客在霍顿平原世界尽头游玩时不慎跌落！

好在这哥们也是福大命大，竟然在半道儿被挂在了树杈上，斯里兰卡动用军队的直升机和救援小组才把此人从鬼门关前拽了回来。

我就想问一件事：

兄弟，你真的不是去捡我手机的吧？

被请去喝茶

很显然听到这话一般不是什么好事，除非是在提萨玛哈拉玛。这个地方本身没有什么值得停留的，但因为它距离本达拉国家公园和亚拉国家公园都很近，不少人就会将这里作为停顿点，用来准备次日的国家公园之旅。

在手机跳崖之后，我们怀着沉重的心情一路来到提萨玛哈拉玛，在这有一个名为提萨维拉湖的巨大人工湖，湖边的景色甚好，如果有时间的话还可以从酒店借一些渔具去垂钓。

解决了当天的住宿问题，我们打算去湖边拍照，据说那里在夕阳西下的时候会有很多白鹭。住的地方距离提萨维拉湖走路不过七八分钟的光景，小路的两侧是当地居民的房屋，比起城里的算是非常简陋了。每每经过一户人家，家里面所有的人都会出来和你打招呼问好，村民的热情都有点让我招架不住了。

湖边上的地面水分很大，踩起来软绵绵的，靠近边缘的小路有一处被湖水隔开了，眼看着前面有不少好景色却拍不到，很是让人着急。这时候在边上捕鱼的一家人

看到了我们，二话不说直接下水搬来了两块大石头为我们铺了个石桥通行，萍水相逢却受到这样的帮助真是受宠若惊。帮我们忙的大叔是当地的村民，平时就靠打渔为生，身边几个男孩子有他的儿子，还有他的外甥，小孩的母亲坐在一旁做活。大叔自己不会说英语，但是看得出来一心想要帮助我们，和有些旅游城市那些动不动就"1美元、1美元"的人比起来，可淳朴得太多了。

那天正好是周末，几个活蹦乱跳的小男孩不用去上学，年龄稍微大一点的男孩已经上了中学，也开始学习英语，和我们沟通起来没太没大障碍。可能此时来这里的游客太少了，男孩们都像有十万个为什么似的，一直围在我身边问这问那，好不热闹。

时间过得特别快，言谈之间就到了快要吃晚饭的时候，他们拿着钓上来的鱼，拉着我们就要回家吃饭。可惜我已经预订了晚上当地的烹饪课，只好婉言谢绝。但几个小家伙还是一再坚持，不吃饭也得去家里坐坐，盛情难却，那就走吧。

能够这么深入地接触当地居民的生活，其实我也求之不得。孩子们拥着我往他们家里走，而女主人也早一步进家给我们煮茶，当地人的生活并不富裕，屋子里面也没什么家具摆设，几张椅子加一台老旧的电视机，没有再多的东西。

喝完两杯甜茶，天色已经黑了下来，看时间真的不早了，只好一一告别。我喜欢自由的行程，只有这样才能得到不一样的体会。

回去的时候估计是因为临时进村绕了圈子，竟然迷路了，正发愁找路的时候看见远处有人骑着摩托车匆匆赶过来，原来是大叔怕我们找不到酒店，又出来看看我们，就这样他说他的我说我的，一路回到了住宿的地方，心中对斯里兰卡又多了几分喜爱。

在这么多年的旅行当中，我会因为各种原因喜欢上一个地方，可能因为美食、可能因为风景，在斯里兰卡，就是因为这家人。

直播《动物世界》

　　看斯里兰卡的地图你会发现，这个地方虽小却有大大小小十几个国家公园，密度之大是任何一个国家都无法相比的。要说国家公园我也去过不少了，尤其是在美国和澳大利亚，什么黄石啊、死亡谷啊、帝王谷啊，但国家公园基本上都和地理地貌有关，而且主题通常是鬼斧神工的自然风光。

　　斯里兰卡这些国家公园和保护区可就不一样了，完全是野生动物游览路线，天山飞的、地上跑的、水里游的应有尽有，野生动物的丰富程度是那些比它土地面积大几十倍的国家都不能比拟的。来斯里兰卡看动物是最超值的，出一趟门保证能把相机内存卡填满。

　　之所以有这么丰富的物种资源，和斯里兰卡的历史还有很大的关系呢，早在2000多年前，斯里兰卡的皇室成员就规划出了保护区，那时可能还不叫保护区，但是划出来的这块地不允许人类进来捣乱。在康提王国的时候，每一个省都有这样的区域，动物们生活在这里，依靠纯粹原始的优胜劣汰法则去生存。

　　斯里兰卡本身的面积就不大，但居然腾出来了8%的土地用作100多个保护区域，这些保护区分成三种级别：

　　最严格的自然保护区——不准游客进入；

　　国家公园——有条件地允许游客进入；

自然保护区——可以在内定居。

除此之外，斯里兰卡还有两个海洋保护区，酒吧礁和黑可杜瓦国家公园。

在这些保护区中有哺乳动物92种、蝴蝶242种、鸟类435种、鱼类107种和蛇类98种，通常游客最希望看到的动物是大象、蓝鲸、海豚、锡兰豹和各种鸟类。不同的国家公园中栖息的动物和最佳的游览时间也都不同。

我们的住处离亚拉和本达拉这两个国家公园距离都差不多，亚拉在东，动物的种类比较综合，而且运气好的话会看到锡兰豹；本达拉在西，主要是大象和候鸟，面积也比亚拉小很多。权衡之下我们还是选择了去亚拉。

类似于亚拉这种国家公园通常无法自驾车前往，因

为园区内的道路都是没有经过过多修整，多是坑洼的土路，因此需要提前预订好包车。每天清晨，天还没亮，一排排的越野车就已经停靠在了各个酒店门口，等着自己的客人。

车辆的品牌不太一样，大多是印度TATA的皮卡，好一些的有丰田和三菱这些日系品牌，不过我最爱的还是老款路虎卫士（Defender），只有这样的"硬汉"才最适合荒野之地。所有的车都需要经过改装才能载客，升高的避震组件和更强悍的越野轮胎是通行能力的保证，而在原有的皮卡后斗上都会加装三排高度递增的座椅，方便游客用相机和望远镜获取"猎物"。

在园区门口集结的越野车少说也有百余辆，买了门票

进去才各自散开，不过通常还是几辆聚集在一起。司机除了负责开车，还负责寻找动物介绍给游客，虽然说亚拉是个很综合的国家公园，但实际上你能看到的多数还是一些常规动物物种，比如各种鸟类、水牛、野猪等。

我们的司机兼导游Fonseka是一名野生动物爱好者，每到一处他都拿出自己的相机展示他之前拍到的动物，最令人期待的锡兰豹和胡狼这些珍稀动物统统被他收罗在相机中，但我们仅仅几个小时的游览还是很难发现这么多动物的。倒是路上被我们撞见的黑熊让Fonseka津津乐道了半天，一直说今天是我们的幸运日。

或许是亚拉的名气太大，这里的车子也特别多，但凡发现了只不常见的动物，十几二十台车就唰唰唰地跟过去了，你可以自行脑补一下在国家公园里堵车的情景，就能体会到身为一只豹子的烦恼了。

加勒要塞，文艺青年好去处，
约还是不约

　　斯里兰卡南部一连串的沿海城市都可圈可点，它们纷纷坐落在A2公路的沿途，从提萨玛哈拉玛开车出来，沿着海边走就能回到科伦坡和尼甘布。如果时间不紧张，坦加勒、米瑞莎是不容错过的美丽小城，无论是参加蓝鲸之旅还是去观察小海龟蹒跚学步，都能把一整天安排得满满当当。

　　加勒是这些地方中最值得停留的一个，也是我走了这一圈下来之后认为颜值最高的城市，尤其是在古城里面，到处色彩斑斓。这里的颜色使用虽多，但是一点都不恶俗，反而是处处能够体会到其细腻精致。这里的调调比锦里更安静、比丽江更纯洁，道路上尽是车龄几十年以上的老爷车，单看这个城市，没有人会意识到这是在斯里兰卡，所有带着"斯里兰卡"标签的事物在这里几乎不存在。

　　加勒的老城区在最沿海的部分，用要塞的城墙把新城区完全隔了开来，不管外面有多吵闹，只要一进了老城的城门，立马感觉像换了个地方。工艺品商店、咖啡馆、艺术画廊比比皆是，很多店主和居民都是外国人。不光是中国人爱买房，遇到好地，买房这事儿那真是不分国界。加勒古城里的好房产有1/3已经属于外国人了，当地的政府也开始觉得不对头，这几年不再允许外国人买房，如果想要开间餐厅只能用租来的地方了。

　　加勒以前没有这么风光，这块宝地最初是被欧洲人发现的，据说当年是因为一支要去马尔代夫的葡萄牙船队被大风吹跑了，为了避难才来到这里。从此，葡萄牙人开始在此定居。后来他们在与康提王国的战争冲突中，为了增加军事防卫的能力，在这加盖了要塞和城堡，不过最终的老城建设更多的是荷兰人攻下山头之后完成的，但荷兰人一如既往地不是很争气，最后加勒到了英国人手里。

　　说了这么多都是老城的事情，其实抛开了谁占领谁的问题不说，这些欧洲人盖得房子就是特别地道，用四个字形容那就是"货真价实"。想想看你去欧美旅游，哪个城市的房子不都得有一百多年的历史，即便是纽约这种大都市也是如此。目光重新回到2004年的加勒，那年的海啸非常猖獗，要塞的城墙外面就是新城的公交车

总站，很多人都在灾难中丧生了，但坚固的城墙却一点都没有动摇，而且抵挡住了来自海上最骇人的巨浪，将损失降到了最低。

在加勒玩最简单，因为只有一个要塞，所有的东西都在要塞里面，无须特别计划。给自己至少两天的时间慢慢品味这个城市的点点滴滴，从清晨到傍晚的感觉也是完全不一样的。

清晨和傍晚我推荐去要塞的城墙上溜达，城墙上没有任何遮罩，所以要趁着凉快的时候去。早上可以晨跑，黄昏的时候可以散步，要塞虽然不大，但是完完整整地走一圈也得一两个小时。城内有很多绿地，下班或者假日的时候好多人在这踢球、锻炼，居民的生活状态和山区的茶农家庭相比还是大不一样的。

要塞的北门也是加勒古城的正门，从这就可以登上城墙了。城墙上分布着三个堡垒，分别代表着星星、月亮和太阳。从碉堡往里面看是加勒国际板球场和公交车站，往外看是一片小的海湾，按照顺时针的方向转，可以看到旧城门、黑堡、旗石、灯塔等好多有特色的建筑，走累了就席地而坐，在这你能做的就是随时面朝大海，享受印度洋带来的习习海风。

回到城内，光是看看当地的建筑都叫人心满意足，白墙石瓦、绿树红花，每一间屋子都特别精致，从中能够感受到对美好生活的向往。街道上的行人很少，更别提嘈杂的车流，若是在午后，人们肯定会慵懒地在咖啡馆里待上一下午。

加勒虽然很小，但对文化的融合度极高。就拿吃饭来说，这么微缩的一个要塞古城里头，传统的佳肴自不必说，意大利的海鲜、美国的牛排、日本的料理、中餐的炒菜也都应有尽有。我对斯里兰卡的当地料理还是非常感兴趣的，虽然和印度的味道有些相似，但实际对比之后就会发现，同样是对咖喱和香料的钟爱，这里爱得更加文艺和清新一些，没有重油和重辣，一切都是点到为止。

这里有很不错的烹饪学校，或许你可以花半天时间简单学学，有时候味蕾的记忆要比大脑好用得多。

老江湖被骗

中国人在斯里兰卡修铁路、建高速，要说真是没少帮忙，斯里兰卡人一听你从中国来的，通常都是欢迎欢迎，热烈欢迎。再加上从尼甘布出发这一大圈自驾下来，遇到了不少当地的好心人，所以旅行中的戒心已经降低为零，然而就是这时候最容易出现问题。

从加勒要塞出来，返回科伦坡，有两条路可以走。一条是A2公路，沿途就是海边，但也不会看到太高级的风景，而且需要经常穿行小城镇，有的路窄到令人发指，也不知道是谁规划出来的；另一条路是E01，咱中国人修的高速，那家伙是相当宽阔，全程超速一会就到了。

要是坐火车就没这一问题了，铁路和A2是平行的，买一张等级高点的车票，坐火车上拍拍照、吹吹风，非常舒服。

话说这日驱车来到了所谓的大城市，斯里兰卡的"铁岭"——科伦坡，在它的商业区里，大高楼大酒店一栋接着一栋，绝对是现代大都市的景象。路上的车也好起来了，路虎都不算什么，兰博基尼也能见到几辆，但车再好也摆脱不了被TUKTUK虐来虐去的命运。

科伦坡很大，分成要塞区、克鲁皮提亚区、肉桂花园区等大大小小十几个。每年1月到3月是最适合去玩耍的季节，这时候气候干燥一些，温度也不那么高，只有30多度……

　　这么热就别瞎跑了，听郭队一句，下面这几个区差不多看看就行了。

　　科伦坡1区：要塞区——科伦坡的市中心，历史与现代的并融。

　　科伦坡2区：奴隶岛——科伦坡最古老的街区，以前四面环水，关奴隶的地方。

　　科伦坡3区：克鲁皮提亚区——科伦坡的商业中心，购物住宿就来这。

　　科伦坡7区：肉桂花园区——科伦坡最豪华的地方，殖民建筑都在这。

　　科伦坡11区：贝塔区——脏乱差的旧城区，有火车站、大市场啥的，越乱越让人喜欢。

　　一到酒店我就把车扔在了停车场，当地交通的这个

德性，之前来办驾照的时候已经领教过了，要想在城里移动，要么靠两条腿，要么是万能的TUKTUK。

我住在肉桂花园大酒店，是当地的老牌星级大酒店，酒店里光餐厅就十多个，可想而知这规模有多大了。出入酒店的那绝对也是体面人啊，所以一出来咱就被盯上了。

刚出了酒店，正打算去海边溜达，一边走一边和我老婆闲聊，这酒店还带一个公寓楼呢，精装得真不错，一个月得多少钱啊？

这骗子也是会搭话，假装路过，就接着跟我聊开了，说公寓一个月多少钱，你们来了几天了，要去干什么等都是特常规的旅行类对话。这期间我还夸人家小伙子英语说得很好，感情还是个附近公司的白领，反正呢，我是真信了。

聊着聊着小伙子就说，俺们斯里兰卡的茶很好，你们一定要买一些回去，今天是周末，政府规定这些公司给你们游客折扣。边上还有寺庙你们也应该去看一看，有菩萨有大象，特别棒。我帮你们叫个TUKTUK吧，我叫车他不敢多收钱！

哎呀！人太好了，太热情了太让人感动了！

自始至终人家没要你一分钱，是不是！

直到坐上车我都没觉出来这事有什么不对，当然这属于文骗（我临时琢磨出这么一个词），买不买东西你随意，司机带我们去的茶叶店其实也还好，价钱不贵，只不过我在山区已经买过了，所以看了看就径直又回到了刚刚上车的地方。

不远处，看到这小子正在继续忽悠。往前走，发现路对面也有一对欧美夫妇被游说成功，上了车了，敢情还是团伙作案。

做一只快乐的猴子

又到了我"微服私访"的环节了，今天打算去大市场转转，科伦坡的曼宁市场几乎是唯一的选择，极其本土，非常地道。

我只对两种大市场感兴趣，一种是又亮又干净又有秩序还能现买现吃的高大上型，显然曼宁市场这辈子也不可能变成这样，但我对曼宁似乎更加喜爱一点，因为它是另一种极端的类型，又脏又乱又拥挤，却毫无违和感。

曼宁市场在贝塔区，这是科伦坡最古老的街区，市场对面就是科伦坡火车站，另一个又脏又乱又拥挤的地方。每天早、晚高峰的时候，这儿的交通状况基本乱成一锅粥了。谁能从混乱的车流中钻出去，比的已经不是车技了，而是胆量，谁狠谁先走。

曼宁市场的大门非常不起眼，进去之后才发现内部那么大。一部分卖香料调料，这可是斯里兰卡居家旅行的必备品，如果上过当地的烹饪课，这就是买调料的最好机会了，价格便宜量又足。另一部分就是瓜果蔬菜，品种不多，无非就是洋葱、茄子、豆角、胡萝卜这样常见的，都是做咖喱大杂烩用的。

但市场里最火爆的生意是香蕉买卖，我最喜欢东南亚的地方就是这种感觉，原始！去过欧洲玩的朋友们一定买

过水果吧，香蕉怎么卖? 论根儿! 一根1欧元，我觉得就是在抢钱。

咱祖国香蕉怎么卖? 论把儿。

斯里兰卡香蕉怎么卖? 论挂。

在市场的一头，有一大片区域是批发香蕉的，一进屋就跟到了热带雨林似的，铺天盖地的香蕉，黄的、青的、红的好多品种，挂得满世界都是。一个大屋子里通常会有几个批发商，老板也都正儿八经地坐在办公桌后面算账，背后一面香蕉墙，要不是肤色差点，整个一美猴王。

这可是货真价实的原产地，有着最好的香蕉品种，这种香蕉在国内60多块一公斤，也是够贵的。我回头一看，旁边筐里扔掉的香蕉都比国内超市卖的品相好啊！这不能糟践啊！

于是我打算干一件特别有出息的事儿——捡两根吃，反正人家都不要了。

于是弯腰，手还没碰香蕉上呢，那边管事儿的举着刀就把我给叫住了：不要动，不能吃。

哦，好的好的。

来，这有新鲜的，您尝尝这个！唰唰两刀，递过来两根。

……

嘿，斯里兰卡人民真友好，赶紧尝尝！果肉真的是又甜又紧，还带着蕉叶的一丝芳香，赶紧竖起大拇指，真棒！

不好意思再给人添麻烦，赶紧转身出来，就听耳边又是唰唰两刀。

您也尝尝我家的。

……

唰唰，我家的。

……

唰唰，我家的。

……

结束了愉快的曼宁市场品蕉会，中午没有再吃任何东西。

吃在锡兰 不讲究真欢乐

不知别人对东南亚的饭有什么感觉，我觉得喜好程度和距离是成反比的，离得越近口味也会稍微相近一些，味道自然好接受一些，比如泰餐、日料；而印度和斯里兰卡离咱们真的有点远，味道嘛，一般人就"敬而远之"了。但郭队我不是吹牛，本人的这个铁胃不仅大小随时可变，口味底线也是深不可测，所以我觉得斯里兰卡的饭菜，还行。

斯里兰卡和印度都是香料消费的大国，随随便便一道菜都得要加上七八种香料才算甘心，在提萨玛哈拉玛的时候我上了一次当地的烹饪课，菜没做几个先整了一桌子粉上来，有红咖喱粉、黄咖喱粉、绿咖喱粉，还有肉桂、豆蔻、辣椒面儿、姜黄粉……各种各样。但这可绝不是调侃，斯里兰卡人对香料的使用真是炉火纯青，磨、捣、烤、调、混便是浓缩起来的五字真言。

不过香料摆着是好看，做出饭来你就会发现，盛在碗里全是软稀稀黏糊糊的，让人不忍直视。好在我特喜欢这样的卖相，看着就有一种莫名的特别下饭的快感。斯里兰卡菜肴的主材比印度强了很多，主要是对肉没有什么忌讳，想什么时候吃都能吃到；此外就是对待烹饪的态度，很显然斯里兰卡要精致一些，不像在印度，一个个饭馆都跟专卖咖喱似的，让人吃不消。

　　有了咖喱那必须有米饭才行，斯里兰卡的主食基本上就是米饭，有些地方也会提供烙饼，搭配上颜色不怎么样但香和味还不错的咖喱，特别下饭，有时候即便是素咖喱，比如说茄子、扁豆，也能让人胃口大开。

　　说到下饭，那就不能不提辣酱。我觉得每一个国家都有一种像神一般存在的辣椒酱，比如我国那个老太太牌子，你们懂的，真是做到了居家旅行之必备良品的程度。但在斯里兰卡，我们更加推崇的是新鲜辣酱，用最新鲜的食材现吃现做，那味道没得比。

斯里兰卡的辣酱叫sambol，在每餐中店家都会拿出来自家做的椰子辣酱，椰子是热带水果，如何变成辣酱的原料不点破没人会知道。椰子辣酱每家的口味大同小异，但原料上逃不过这三四样：椰肉、辣椒、洋葱和莱姆汁（基本就是东南亚的绿青柠），把这几样东西混合在一起，鲜甜和辛辣就像干柴烈火一样，在莱姆汁的催化作用下，让你的味蕾瞬间爆发出对食物的强烈渴望。

有了这，我在斯里兰卡经常吃多，菜都没了，就着椰子辣酱还能吃下两碗白米饭，这是此行我的最爱，没有之一！

最后解释一下，椰子的肉怎么能变成粉末的。这问题我研究了好久，我想一定是特别高级的搅拌机打碎的，但斯里兰卡的居民收入水平不可能会普及这些东西。带着疑问我当时住在茶庄酒店的管家把我带到了后厨，见到了一个神器。

要不说劳动人民智慧高呢，这工具真的是难以形容，它是一个锥体固定在桌面上，由很多个叶片组成，每片叶片上都有锋利的锯齿，右手是摇把，转动之后整个锥形刀就会转起来，就像是挖地铁的工程机一样。

这时候把被劈成两半的椰子拿过来，最好是晾得干一些的，直接扣在刀片上，一转粉末一样的椰肉就掉出来了。后来我在市场上还买了一个回家，打算把椰子辣酱在国内发扬光大。

在斯里兰卡有不少好吃的地方，饭店就不说了，路边摊、大排档也颇具规模。在科伦坡加勒菲斯绿地南端的海岸线上，每天晚上都会聚集无数的当地人，在此散步嬉戏，尤其是周末，人山人海的。这么多人除了玩当然就是吃了，整条海岸线上布满了推着小车的摊贩，叫卖着各种虾饼、薯条、烤串……香味一直弥漫到深夜。

斯里兰卡的饮食文化还是受到了西方国家的很多影响，但是吃面包这件事真是极具本土特色，特色不是来自面包，而是来自吃法。

每每路过一些小吃店或者快餐店的时候，都会看到橱窗里摆着好多好多的面包，虽看着不怎么干净，但就是觉得特香。作为一个外国人偶尔买一两个也很正常，可你知道当地人是怎么吃的吗？人家都是一拿拿一盘子，20来个什么口味的都有，堆得跟小山似的，拿完放桌子上就开吃，吃多少算多少。

那么接下来神奇的吃法来了，当地人在吃之前会把所有盘子里的面包都捏一遍，看看哪个好就吃哪个，吃完一个把剩下的再捏一遍，接着吃，然后又一遍……吃饱以后把余下的捏熟了的面包送回去就可以结账走人了。

下一个人来了，接着捏……

其实斯里兰卡好吃的还真是不少，但有些我是拒绝的，比如完全靠糖色做的那些甜品、冰淇淋之类的，摆出来就跟塑料的一样，完全没有食欲。在这里，"天然"二字才是斯里兰卡自身的价值。

记得在从国家公园出来前往加勒的路上，看到路边有很多卖"泥罐"的小摊。本着一个吃货的天然直觉，那绝不可能只是个泥罐子！靠边停车看个究竟，哇塞，原来是纯天然无任何添加的自制酸奶。即便是最小号的一只也有十几寸的盘子那么大，价格也出奇的便宜。

　　纯天然的酸奶会有一些微酸，在摊位旁边一定还可以买到天然的蜂蜜，来上一小瓶倒在酸奶里面，口感特别厚重。还记得咱们在亚拉国家公园看到过什么动物吗？没错，水牛！这些酸奶可是用水牛乳做的，难怪味道这么好。

　　如果想要吃得更讲究一些，买上一些木瓜或梅子酒在上面，好好享受吧！

住窝棚还是住豪宅

住在哪里是来斯里兰卡旅游特别重要的事情，住宿价格跨度之大不可想象，从100块人民币到10000块钱的地方都有，太便宜的住处我从不考虑，出来玩安全、舒适第一；10000块钱的酒店也不必说了，花这么多钱住一晚我一定心疼得睡不着觉。咱说说性价比，1000块钱在斯里兰卡能住什么样的地方。

我们都知道，斯里兰卡在历史上曾是荷、英等国的殖民地，留下了不少别具欧洲风情的宅子或者庄园。我在努沃勒埃利耶的时候就选了这样一家住所，这些大宅通常都在人比较少的地方，而且一定有围墙与世隔绝。因此我在去的路上沿着GPS导航绕来绕去，小路上错过了好几次需要拐弯的岔口，跌跌撞撞地总算到了目的地，抬头一看，死胡同一条！

这破导航！

随后发现对面死胡同是一扇大铁门，刚要说下车看看，门就打开了。真的，眼前就跟见了宝藏似的，脸都晃亮了，世外桃源对吗？

大门咣当一关，暴土扬烟、鸡飞狗跳这些词语跟咱们就没关系了，眼前是大树、绿草、凉亭，不远处有一幢青瓦白墙的老式建筑，还没缓过神儿来呢，管家就赶紧迎出来了。嘿，这服务质量！这么大的地方，能住几户？对不

　　起，就4间房，多了不接待，要的就是品质保障。

　　这间酒店以前是一个私人别墅，1846年就盖好了，后来才改成了酒店，算算也已经有近170年的历史了。管家把你迎进大门，一进来就是客厅，家具一看也都是古董级别的，那极度诱人的年代感一下就把你征服了。

　　进了房间更是如此，屋内精致的布局足见当时主人的品位。这时候一套可口的茶点已经在旁厅准备好了，一边品着上等的锡兰红茶，一边听管家介绍这家酒店的历史和

主人家的族谱，真遗憾只能住一晚！

有了精致的，就一定有粗犷的，隔天我就体验了一把。

我在家的时候看过一档节目，讲的就是美国的一名树屋专家给人在树上搭房子，房子都非常有诗情画意。在狮子岩的时候我就选了树屋住，虽然和节目里专家的作品有差距，但基本条件也都具备，加上风景极好，我相当满意。

上树这事儿可能容易上瘾，我在提萨维拉湖那天又选了一个树屋，价钱更贵！我觉得一定不会错的。

但把车停在树屋酒店的时候心里就开始犯嘀咕，因为只看见树没见着屋子啊，待到办理入住手续时才发现这回玩大发了。就指定的那几棵树，你看哪棵顺眼你就爬上去。树上搭了两层台子，底下这层号称客厅，上面一层就是卧室，没有水、没有厕所、没有桌子椅子、没有电器，也没有床，只有一个床垫子。但为什么叫回归大自然呢？因为也没有墙、没有门，完完全全是露天的。

白天说实话你得找点儿事干，树上是真待不住，30多度烤也烤熟了。等太阳一下山，温度也会降下来不少，酒店不提供任何娱乐设施，吃饱了饭没事干就只能上树了。

东南亚的这些虫子、蚊子就不用我多说了，幸好店家有点良心，在树杈上挂了一条蚊帐。见着这玩意就跟见着亲人一样，救命的东西啊！打开蚊帐一看，嚯，一蚊帐的血，瞧这架势恐怕今晚我小命难保。

在喷了半瓶花露水之后，我终于把自己熏倒了，但内心

却无比踏实，因为我觉得蚊子们一定也被熏得不行了。

夜越来越黑，躺在树上听着各种虫儿的叫声此起彼伏，即便是平时住在乡下的人也未见得能听得这么真切。虽然这环境实在不怎么样，但重回大自然的感觉又岂是平时用钱就能买到的呢？

斯里兰卡，于人、于景、于心都给了我最真实美好的体验，难怪大家都会爱上这里。

第二章

LAOS

东南亚游快记

老挝

高土的
环抱中的静吧

为啥去
WHY TO GO

每年一到各种假期的时候，就会有好多人问我："郭队郭队，我想去个近一点的、花钱少的、比较好玩的、有些自然风光的还能有好吃的地方，有什么推荐吗？"我这些好朋友啊，你们不要太鸡贼好不好，这样打着灯笼都难找的地方，也就是我，换了别人未必会告诉你，不过换了别人也未必知道。去老挝！

都说便宜没好货，好货不便宜，这句话在老挝可就不适用了。老挝这地真是又便宜又好。我亲自鉴定过了，大家可放心前去。

不知道是不是我的偏见，像老挝啊、缅甸啊这些国家，从名字上我就觉得这是个穷地儿，估计好多人也有这种感觉，所以一出去玩的时候就自动把它们过滤掉了，但其实越是容易被忽略的地方可能越值得品味，老挝就是这样的地方，让人平静又放松。

像泰国，整个曼谷就没有消停的时候；再看看老挝，白天晚上都安安静静的，感觉人也活得特踏实，没有大城市的浮夸、躁动，就好像午后的咖啡厅，能让人一直慵懒

地在那儿待着。

记得那年我从老挝休完假回北京，刚一上班我连单位的邮箱密码都给忘了。好吧，我承认我有点放松过头了。

105

咋玩的
HOW TO PLAY

这么安静，还是东南亚吗

老挝完完全全是个内陆国家，国土四周被中国、缅甸、泰国、柬埔寨和越南围了个严实，这是一个吃不到海鲜的东南亚国家，不过好在有湄公河的眷顾，因此这里同样有丰富的水产和植被。

亚洲人民绝对是世界上最勤劳的，就拿国内来说，早上5点你肯定能吃上热腾腾的豆浆油条，晚上宵夜只要你还能吃就绝对不打烊。国内如此，东南亚的那些夜夜笙歌的地方更是如此，满大街都是24小时营业的饭馆和酒吧，让那些周末连商场都逛不上的欧美朋友们兴奋无比。

曼谷和胡志明市是我最爱的两个东南亚城市，不仅好吃好玩的多，我也很享受它们那种超级喧嚣的躁动感，熙熙攘攘的街头上充斥着各种小贩的叫卖声、汽车的喇叭声……越乱我就越开心，很长的一段时间里我觉得只有这样才叫东南亚。

直到某一年的假期，一个普普通通的下午，我从老挝的瓦岱国际机场坐上前往万象市区的出租车，发现这里竟

然是如此的安静，安静到我需要轻声细语才不会破坏这种
难得的氛围，但我仍然不太敢相信，于是小声问司机：大
哥，老挝朋友每天睡午觉睡到几点？

其实这就是一个真实的老挝，一个佛教国家，一个略
带慵懒气息的地方，所有人的满足感都很强，挣钱不多但
却非常享受现有的生活。

万象、万荣、琅勃拉邦皆是如此，作为一名游客当你
真正融入其中之后，甚至也会开始享受这种"不太上进"
的生活方式，或许在紧张地工作一段时间后，我们需要的
正是这种环境来好好地放松和调整自己。

老挝也是一个曾经被法国统治过的地方，那时候法国
人就发现老挝人干活磨磨蹭蹭，跟越南人比起来那真是差远
了。有关越南怎么样咱们之后的章节再介绍，就先说老挝，
设在越南西贡（现在已经改叫胡志明市了）的法国当局想借
着老挝当跳板，扩大自己在印度支那的版图。在万象的殖民
机构也开始正常地运转，医院、市场、学校都盖起来了，老
挝人自己也没忘了盖新庙，不过总体的发展还是太过缓慢。

万象尚且是这个德行，那其他几个地方就更是好不到哪去
了，琅勃拉邦、巴色的规划和发展也是遥遥无期。不过法国人
也别怪人家，城市规划没看着怎么着，自己住的大别墅一栋一
栋的倒是盖起了不少，现在这也确实成了一道美丽的风景。

归根结底还是法国人不上心，直到1940年，在老挝的
法国人也才600人，其中一大半还住在万象，他们来老挝的
目的很简单，就是为了以后升迁，出个差装装门面。

这只是老挝历史中的一小笔，本身我对历史不太在行，
所以也不喜欢研究这些，有空咱们还是聊聊吃啥喝啥吧。

吃好你碗里的米饭，不要露怯

老挝日常的饭菜特别简单，不管是在民宿还是在餐厅，有两道菜是跑不了，也是错不了的。一道是肉末沙拉，一道是青木瓜沙拉。老挝的饮食受到了泰国的一些影响，相比之下泰餐的香料会放得多些，味道也更浓郁厚重，比如大家最常吃的冬阴功汤；而老挝的菜式却胜在对原始味道的把握，看到的色泽式样和尝的滋味都能一一对应起来。

老挝人的口味虽然不重，但是对辣却是非常有追求的。在斯里兰卡的时候，当地人也吃辣，但这地区差异就显示出来了，还记得Sambol吧，我说的那种特别下饭的辣酱，当你在斯里兰卡吃饭的时候，他们会告诉你这玩意儿非常非常辣哦，朋友你到底行不行，我给你盛一小勺好不好？我一般的做法就是让他们把手里那一碗都给我放下，分分钟就给干掉了。

但在老挝咱一定不要这么彪，人家会告诉你有一点点辣，那就是真的辣极了。谨慎下口，否则后果自负。

肉末沙拉是最具标志性的老挝菜。这里的肉末有很多选择，通常是猪肉的，若你去河边附近的地方就会有鱼肉的，但总的来说味道相仿，只是口感略有不同。其实这道菜简单到几乎不需要烹饪，只是把肉末和青柠汁、蒜末、小葱、薄荷，还有辣椒拌在一起就可以了。

这算是一个基本配置，但每一个厨师都会有很多自由发挥的空间，每一餐我都会点一盘肉末沙拉，品味不同厨师对这道菜的不同理解。

老挝人喜欢吃米，不管什么菜都会搭配着米饭吃，但这里的米饭是糯米饭。通常好一点的餐厅都会把一份一份的糯米饭放在小草筐里，需要吃的时候就从蒸锅上取下来。糯米很黏，吃时需要每次揪下来一块，用手捏成球就着菜一起吃。

刚到老挝的时候我并不是很了解这样的吃法，再加上店家的米饭是给盛在碗里的，我哪知道是糯米啊！仍然是按照北方人最豪爽的吃法来的，夹一筷子菜，端着碗开始往嘴里扒拉，米饭黏成一坨，很难吃到嘴里，我心里还想：哎呀，这米真黏糊，好米。

直到结账，我都不知道为什么对桌那小子一直看我。

就不能提醒一下外国人啊！

无臂力 不自驾

仍然是自驾的话题，老挝和中国接壤，因此来老挝自驾游的中国人很多，而且开的大多是自己的汽车，再加上老挝同样是左舵车的国家，自驾的难度已经降到了最低。

与老挝接壤的口岸叫磨憨，具体怎么进关出关不必细说，只要是牌证齐全，再交一个当地的保险，外加走形式地给车辆消消毒就算合法了。

国内来的自驾车通常来自昆明一带，毕竟地域上离得近，对他们而言去老挝顶多算个周边游，对于远道而来的游客来说，乘飞机抵达的首先肯定是万象，想自驾的话也只能找租车公司了。老挝的租车公司非常少，2013年去的时候全国范围内只有一家，而且只在万象，不知道现在这个信息有没有更新。就当时来说，无法异地还车实在是不方便，而且老挝境内的道路特别单一，从一个地方到另一个地方基本只有一条道路可以选择，那么走回头路也就在所难免了。

我对于自驾游路线的规划，概括一个字就是"贪"，看哪儿都想去，但万象的位置又特别尴尬，正好在老挝国土的中间，所以我只能豁出去，定了一条先南下再北上的路线。

老挝的路相当值得吐槽，据说也有好多是中国人修的，"要想富先修路"这一号已经落实到外国了。万象算

是一个分界线，从万象往南开，都是平原地带，一马平川，路也没有岔口，无须导航，想走错都难。但从万象往北开可就麻烦了，经过万荣后就全是山路，打开地图软件一看又是方便面形状的那种，虽然基本上是柏油路，但弯道比让人疯掉的斯里兰卡还要变态。路况特别复杂，行驶时间也跟着成倍地增加，200多公里的山路没有八九个小时开不出来，一天下来胳膊也酸胸口也疼，照这样下去，没准胸肌都练出来了。

老挝人开车特友好而且还挺规矩，这一反东南亚国家的常态。在城市里，当地人的交通工具基本上是用微卡改成的双条车，就是一边一个长条凳的那种，开得不快。有时候我们开车跟在后面，人家立马就打灯靠边让你先过去。

还是说说车吧，租金不算便宜，但想自驾的话就无须纠结了。种类倒是不少，从小轿车到SUV，从皮卡到商务车一应俱全。因此要根据自己的行程来决定车型。如果都是在万象以南，小轿车就行了，轻快灵活还省油；如果是进山，最好是SUV或者皮卡，能有四驱的就不要后驱的，安全最重要。

假装在巴黎

万象是一个特别混搭、极度融合的城市，既有无数的寺庙又有点缀在其中的法式建筑，甚至也有个凯旋门。但真要说能假装在巴黎，其实也是调侃。万象虽然是首都，但是没什么高楼大厦，你放眼望去也就数这凯旋门够高。

万象不大，凯旋门其实可以算作离城中心最远的一个景点，一天的游览不妨从这里开始。老挝的凯旋门和法国的从远处看真像，不过一走近了看区别还是很大，在细节风格上绝对是老挝情调，做工也完全不一样。有人夸它淳朴，其实是活儿干得太糙了，最出卖它的是顶上那几座小庙，完全跟正版凯旋门风马牛不相及。

巴黎的凯旋门有前后两个门，老挝这个左右一共有四个，因此这个凯旋门的形状是方的，从其中的一个角门买张票就可以上去。按理说里面应是特庄严肃穆的博物馆之类的设施，进去之后一看，一层都是卖各种纪念文化衫的。

沿着残破的楼梯再上一层，竟然又是卖纪念品的！

再上！这回就到了凯旋门的顶上了，刚说的楼顶上还有几个庙，进去看看，还是卖纪念品的……

好了好了，抛开这些不说，从凯旋门上向下望去，还是挺棒的。脚下一个大的街心花园，对着凯旋门的是一条笔直的大道，也就是著名的澜沧大街，路的尽头就是主

席府——一座巨型的法式城堡，当年可是殖民时期的总督府。华灯初上的时候，把路两边自行想象出两排老建筑，其实也和巴黎的香榭丽舍差不多嘛！当你能有这么知足常乐的想法时，说明你已经开始融入老挝的生活中了。

在万象的交通完全靠走，从惊人的凯旋门出来（记得早上来，别的时间会热出人命），沿着澜沧大街，过了主席府和玉佛寺就是湄公河。白天的湄公河没什么看的，到了晚上可就热闹了，绵延好几百米的大排档聚集在这里，感觉全万象的人都出来了。

对于万象来说，经常会在街角不起眼的地方隐藏着一些小惊喜，你完全没必要照章行事，一路吃吃喝喝的就把一天给消磨光了。

我三句话又回到吃上，充分显示出一名资深吃货的素养。其实在万象的馆子不是那么多，但每一个品质都很不错，尤其是一些越南餐厅，味道比本土的还好。比如有一家叫作三姐妹（THREE SISTERS）的米粉店，竟然在亚洲十佳餐厅的评选上也占有一席之地。

早上的时候，虽然大多数的酒店会提供传统的美式早餐，但这绝不应是你的首选，赶紧出门，买一条法棍儿，一天就这么顺顺当当地开始了。老挝的法棍儿比起越南的要单调一些，街面上卖的也不是特别多，要是好这口，找到一家就不要错过。

万象的温度可着实不低，当时去的时候正好过了那年最热的季节。一般情况下，万象每年三四月份的气温就会达到45℃甚至更高，欢迎体虚怕冷的朋友来此治疗。这么热的天气走几步就得歇一歇，幸好能喝水的地方也多。最常规的东南亚饮品必须是 Fruit Shake，就是各种水果混合的奶昔，做的方法也超级简单，选择想喝的水果切块，加冰加奶、两勺炼乳，再扔搅拌器里哗啦哗啦搅动一会儿，倒进杯子就可以享受了。说到这做奶昔，我也是无师自通，喝得多了看也看会了。不过这次在老挝，还是新学了几手。最赞的一种饮品是 Lemon Ginger，原料简单得不可思议，一颗青柠檬、两勺糖、几片薄荷叶、冰块和冰水，外加一大块生姜。生姜也能当饮料喝？这味道能好吗？没想到味道特别棒，冰凉酸甜下肚之后，生姜便起作用了，你能觉着腹中一股暖流，一下子把刚才食物的过分刺激就给化解了。对此我真是佩服得不行，对美食而言，什么最重要，平衡。

除了这些姑娘们热衷的饮品，别忘了老挝的咖啡也在世界上鼎鼎有名。在老挝南部占巴塞省的波罗芬高原特别适合种植咖啡，这个地方出产的咖啡不仅是世界上最好的，也是世界上最贵的。传统的老挝咖啡豆会经过烘焙和研磨，用布袋过滤后才能冲泡，这种豆子泡出来的咖啡颜色很黑，而且味道强劲！

走街串巷一会就到了中午，在老挝吃喝既然这么便宜，那必须得来顿高级的，专找法国餐厅！万象的很多法餐厅藏在老式的历史建筑中，从环境上看就已经秒杀了在国内能去到的任何餐厅，更何况其味道也是极佳的。如果你想亲身体会到殖民时代的奢华感受，那么这顿法餐是免不了的。

忘了说价格，一人也就一百块左右，简直是业界良心啊！

随着太阳落山，城中的温度也降了下来，老挝人民开始出动了。晚上的大排档里有一些简餐，但更多的还是烧烤，看得出来，吃烧烤喝啤酒是全世界的事儿。

在北京我们叫撸脏串儿，因为咱们的烧烤都是串成串儿的，在老挝吃串儿这件事变得特豪爽，他们用两根竹坯子把烧烤的食材夹在中间烤，而且烤什么食材都是整个的。香肠，整根的；烤鱼，整条的；烤鸡，整只的。在家我们一说烧烤，哥几个一聚那都得一两百串地起，这都不叫事儿；在老挝可得悠着点儿。

大块吃肉必须大碗喝酒，老挝除了自酿米酒外，基本上是啤酒的天下。在老挝喝什么啤酒？当然是老啤！真的叫老啤，英文Beer Laos。老啤在老挝的市场占有率达到了99%，很难有机会喝到进口啤酒，也没这个必要，因为老啤实在太好喝了。我觉得还是因为老挝水好的缘故，5°的酒精含量让老啤喝起来非常清爽，1美元一大瓶的价钱也算实在，想想看，还有什么比喝着老啤吃着大串更爽的事了。

肉也吃了，酒也喝了，不得整点米饭炒菜来一顿宵夜呐。那一定得去大排档里的自助餐，一个摊位里基本上都有二三十种凉菜和热菜，一大盆米饭。这回可不是糯米，我们可以放开肚皮吃了。每人一个大盘子，一定不是吃多少盛多少，必须是盛多少吃多少，盛一满盘没人说你的，盛一座山出来那是你本事，你看旁边桌上那兄弟，先搭一圈豆腐做墙，再添一碗大米饭做底，压一圈炸春卷扩容，放一层炒河粉加固……

老板眼睛都绿了，你知道多少钱一份吗？10000基普，合人民币8块钱！

玩一次黑灯瞎火

在旅行这件事儿上，每人的口味和尺度差别挺大，有人喜欢上天上玩，跳伞啊、滑翔翼啊；有人喜欢到水里玩，深潜啊、冲浪啊；我喜欢在地底下玩，经常去隧道、下水道这些地方，比如巴黎的地下墓葬、伦敦的废弃地铁就特别能吸引我。

我这不良嗜好其实挺难满足的，因此来老挝这趟我早就开始琢磨有什么好玩的了。

来老挝之前我翻了不少旅行书，基本上就是三点一线的景点，万象、万荣、琅勃拉邦，太俗！咱好歹也是自驾游，必须去点交通不便利的地方，才方显自驾的意义。

发现老挝山多，山洞更多。山洞好多人都去过吧，国内的石花洞、黄龙洞，都是规模很大的溶洞，老挝也有这样的地貌，不仅有溶洞而且还成群，因为溶洞可以避开空中和地面的袭击，所以战争年代很多溶洞都被当成指挥部、避难所。

比如老挝北部的坦普凯山溶洞就曾经是巴特寮领袖凯山·丰威汉的办公室，洞里面有接待室、卧室、娱乐室、会议室、图书馆和急救室。还有坦坦坎代溶洞，山洞门口盖着房子，洞里面还有一个洞中洞，当时用来当兵营，光在这里面就驻扎了好几百号士兵。战争时期，不少从苏联、中国和越南来的艺术家来此慰问演出，这个溶洞也因此得名"剧院洞"。

不过这些溶洞人为的干预还是太多，既然要去，就必须找个最大最天然的，所以我目标就锁定在坦贡洛溶洞了。这个溶洞大到几乎不应该用洞来命名，从航拍的地图上看坦贡洛会发现这本来有一条河，这条河流到一座山就消失了，等你再找到这条河的时候发现它在7公里之外游荡着呢。这不科学啊！

那就让科学告诉你：

实际上这条河流进山里了，山里有一个洞，我们得叫它隧洞，像隧道一样的洞。这个洞里面最高的地方有十几层楼高，最宽的地方有100多米，蜿蜒曲折，还有很多急流

和旋涡。我们要做的就是坐上一艘独木小船，从这边的洞口进去，从另一头出来。

这小船真是够小，只有一人的宽度，一艘小船至多坐四个人，其中还得有一个船夫、一个导游。船夫的工作就是开船，导游的工作就是照亮，因为洞内完全没有光线，一点点亮光都没有，唯一的光源就是导游脑袋上绷着的那个破得不能再破的头灯，就这点亮度跟瞎了差不多。

但开船的船老大真心牛，我都处于失明状态了，大哥一路仍然执着地拧着油把船都快开飞了。该有暗礁、该有急流的地方早已了然于胸，小船漂移着就闪过去了。这洞里真是阴风阵阵，也是陷阱重重，别以为就水上面的障碍要躲着走，其实最可怕的都在头顶上呢。顺着那点微弱的光亮看过去，从山洞的顶上倾泻下来好多水柱，大一些的就好像小瀑布一样，要不是船老大技艺精湛，这全身上下够淋湿好几遍的了。

我们的小船就这么在洞里七拐八绕地极速飞驰，你猜多长时间才开出去？

1个小时！

等船开出洞口的那一刹那，就像眼睛做了复明手术，刚把纱布拆了那感觉一样。我又看见了！出洞后眼前的景色绝对让人一惊，群山环绕、绿树成林，美不胜收。据说这里曾经是19世纪低地老挝人逃离外族侵扰的避难所，我想他们当时应该很安全吧，可走出来的难度也太大了。

哦！还要开回去对吗？又得1个小时。

万荣 抵住诱惑小心陷阱

下一个目标本打算去丰沙湾，但老挝的路真的是让人无话可说，你想从坦贡洛溶洞直接过去？不好意思，没路，到时还得老老实实地按原路返回。这么算来一天的时间就都扔在路上了，而且还到不了，所以只能临时在两者之间的万荣歇歇脚。

万荣的人口仅3万，是个特别小的城市，守在南松河边上。我是深夜才开车到的这里，黑灯瞎火的，并没有太多的印象。直到早晨才发现竟然这么美！河的对岸是连绵的群山，虽都不高，但云雾缭绕；青山绿水的，有点桂林山水的感觉，完全是纯天然的景象，一点都不造作。

"靠山吃山，靠水吃水"这句话在万荣算是用到家了，整个万荣能干的事就都在这山山水水里面。一出门路两边的小店九成干的是旅游的营生，租自行车、摩托车和四驱车的比比皆是，拉着皮筏子和汽车轮胎的漂流队伍也是一车一车的。

在万荣漂流是最火的项目，一整天的皮划艇漂流只需要十几美元，在参加这些项目的时候最好多听听回程玩家的反馈意见，这里所谓的导游水平也是参差不齐。漂流的地方是南俄河，这是湄公河的支流，以四五级的凶险急流著称，来万荣漂流的队伍选的就是最刺激的这段，但也非

常危险，可别因为贪玩把自己撂里面。

要想找点乐子还要安全，还是玩玩轮胎漂流好了，这条线路只有3.5公里，一个人大约4美元，把屁股坐在轮胎里就不用管了。沿途顺流而下还能吃吃喝喝，完全没那么紧张。

在万荣，要想找点其他乐子，那学问可就深了。在一些餐厅和酒吧里面，你不但可以喝到茶，还能喝到一种特别的茶；你能点一杯传统的混合饮料，也能买到让人快乐的饮品。这又特别又让人快乐的到底都是啥？这可不是红茶加点奶、小杯换大杯那么简单，这里的东西统统是加了料的。

一般的料就是大麻，但也可以是迷幻蘑菇、亚巴冰毒或者鸦片。就拿迷幻蘑菇来说吧，这是一种漂亮又可怕的蘑菇，纯天然的致幻剂，有的地方会做成粉末加在饮料里，也有的地方会直接用这种蘑菇做一些食品提供给食客。40多克的粉末就能让人灵魂出窍，再多点就麻烦了，呕吐、腹泻、血压降低甚至休克，身体条件差点儿的灵魂出了窍可能就再也不回来了。

但有些疯狂的外国游客对此还是十分热衷，这也衍生了万荣另一面的社会形态。这样的负面结果非常明显，每天被送进医院的就有不少人，虽然有些是因为漂流这样的活动造成的，但相信毒品造成的伤害会更大，有数据显示2011年这一年，光万荣这个地方就死了27个人。不过在经济利益的驱使下，虽然这些醉醺醺晕乎乎的游客让人生厌，老挝人并不怎么计较，该做的生意也是越来越火。

话说得可能有些严重了，其实万荣还是美丽的，只是吃货们点菜的时候长点儿心就行，特别的疯狂点的就别尝试了。

千万可别说：老板，来个小鸡炖"蘑菇"！

丰沙湾 你别乱走

来到了丰沙湾啊

丰沙湾好地方呀

好地呀方

好地方来啥风光

好地方来啥风光

到处是炮弹

遍地是大坑

对这么个满目疮痍的地方，我实在不应该这么调侃，但内容绝对属实。在这里随处可见锈迹斑斑的炮弹壳，一不小心可能会踩响一个。不过好在老挝人民的心态好，发生的事情都已经成为过去。今天的太阳依旧美好，活着的人还得好好活着。

对于老挝的历史你可以不用了解得太多，澜沧王国的兴衰成败太久远跟外人也没太大关系，但发生在1964年的事儿还是有必要知道的。

在1964——1973年间，美国曾经发动了历史上最大规模的空袭行动，在老挝上空进行了58万次飞行任务。千万不要忽视这个"万"字！投下的这209.31万吨炸弹，总共耗费了72亿美元，这可是20世纪60年代的72亿美元，每天的轰炸成本高达220万美元！其实以前的川圹省还是不错的，但仅是1969年一场美国中情局在老挝的秘密战争中，就炸毁了川圹省3500多栋建筑，好多小的城镇在地图上就这样永远消失了。

　　大家一定都看过鬼片儿，鬼出来不可怕，怕就怕在不知道什么时候出来。炸弹这东西也是一个道理，它炸了也就算了，没炸更可怕。在那次大规模的轰炸中，大约30%投到老挝领土上的炸弹没有爆炸，而丰沙湾就是受未爆炸物污染的重灾区。对这里的居民来说，生活在这份可怕的遗产之中，已经是日常生活的一部分了。

　　算算从1973年到今天已经40多年了，仍然有数不尽的哑弹隐藏在地下，给老挝人民日常的生活、建设都带来了很大的麻烦。1994年排雷咨询组（MAG）开始未爆炸弹清理工作，清理出120多种不同的炸弹。现在由联合国管辖的老挝未爆炸武器小组也加入了MAG的工作行列，即使按照这样的进度，要想全部清除也要近百年的时间！

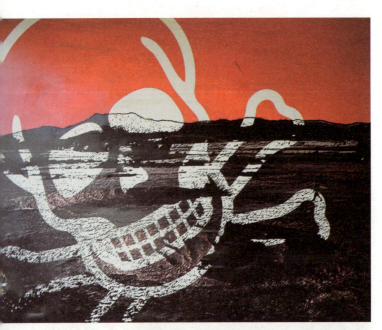

　　说了这么半天，我到底为什么来丰沙湾？其实是因为丰沙湾的石缸平原，漫山遍野的大石头缸，都不知道哪来的。不过这一段我们缓缓再聊，先把炸弹的事情捋清楚了。

　　丰沙湾特小，就一条主街，所以你能活动的区域并不多，而且说实在的我也不太想到处溜达，但凡你看见大骷髅标志，那真得小心点儿了，尤其是没人去的那些野地，别没事找事。即便是现在，川圹省地区每年还有几十人因炸弹而伤亡。

　　主路两边的饭馆和酒店基本上是给外国人准备的，随便找一家进去看看，发现也没什么摆设，简单朴素。不过门口立俩一人多高的大炮弹当花瓶儿也是够气派的，而且摔不坏；再看那家的长条凳，也是直接把大炮弹劈两半，外加焊四个小的当腿儿，因为都是好钢好料，所以特别的结实，几辈子也用不坏。

　　整个川圹省都是这个路数，因为炸弹太多了，老挝人民家里的很多东西都是用这些铁家伙改造的，什么风铃啊、花盆啊，甚至寺庙的钟也是。实在不好利用的也被熔成了钢水做成一些日常生活用品，最常见的就是我们餐桌上用的勺子，很多市场里都有卖的，而且价钱不贵，我也买了几把，但没打算吃饭用。

　　这些战争废料在川圹省的建筑和经济方面也发挥了其特殊作用。除了刚刚说到的日用品改装，金属回收也成为赚钱之道。有一种美国制造的集束炸弹，一个大的弹壳里面装了700个网球大小的小炸弹，每个小炸弹里面还有250颗钢珠，想想看光是钢材也能赚上一笔。不过这些都是小买卖，还有一些人直接回收旧坦克、破飞机，开车拉到泰国去熔炼。

在丰沙湾最出名的组织就是前面中提到的排雷咨询组，它的英文全称是Mines Advisory Group，这个机构的职能很明确，就是帮着老挝人拆弹排雷。MAG在丰沙湾的主街上有自己的一个宣传，里面有一些排爆的展品、历史图片和纪念T恤，你也可以买件T恤支持他们的工作，这些微薄的收入也都将用作当地人民重建家园。

在MAG入驻之前，老挝因为没有资金和工具，只能靠最原始的方法展开排雷工作，原始到有些血腥，就是让牛羊在前面走引爆炸弹，用来证明这个区域的安全。而现在则要好很多，凡是MAG排查过的地方都会有严格的标示说明，通常用左右两块方砖来规划出一个安全的线路，左侧的方砖左右分别是红色和白色，右侧的方砖左右分别是白色和红色，而在白色的区域内行走你就是安全的。

进出丰沙湾的方法无非就两种，要么自己开车来，要么从万象坐飞机来。假如你是后者，记得从飞机上好好观察一下这满目疮痍的丰沙湾。几十年过去了，遍地巨大的弹坑仍然像疤痕一样挥之不去，如果是夜晚，你说我们飞到月球了我也相信。

快看！司马光砸不开的缸

记得小时候学过一篇课文《司马光砸缸》，相信所有人都会有印象，那时我就想这大水缸可真不小，倒霉孩子掉进去都出不来。

幸亏那会儿有聪明的司马光小朋友……

但更应该庆幸的是，这倒霉孩子不在老挝，这里也有大缸，还都是石头的。

这一道奇景还是在丰沙湾，我们经常听说的英国巨石阵和智利巨石人像，跟这比起来简直就是盘子里的一个芝麻粒儿。到底有多大？你先听这名字，石缸平原。

话说在1932年，当越南、老挝和柬埔寨还同属于法属印度支那的时期，法国人曾打算修筑一条连接河内和琅勃拉邦的公路。尽管这条公路没能最终完成通车，但是当它修到川圹地区的时候，66岁的法国女考古学家麦德琳·寇拉妮(Madeine Colani)博士在这片荒野中发现了这些神秘的石缸群。

麦德琳·寇拉妮随之对这里进行了详细的勘测和考察。这位先驱将自己的发现和研究写成600页的论文发表，石缸平原从此真正闻名于世。

从丰沙湾的小镇子上出发，开车十来分钟就可以到达石缸平原的遗址，在丰沙湾有三个遗址群，分别是1号、2号和

3号，样子其实大同小异，有兴趣的话可以都看看，审美疲劳的话只需要到最近最大的1号遗址即可。

其实在孟坎区像这样的遗址群还有很多，只不过规模比较小，而且因为战争的原因，被炸弹破坏的程度也比较严重。相对来说1号遗址是最值得探寻的，250个大大小小的石缸散落在这里，个头小点的将近1吨，最大的一只达到了6吨，据说是神话中朱安王的胜利酒杯，因此得名"海朱安"。

　　对这种大石缸的用途当地有很多传说，有人认为石缸曾经用作石棺，有人认为是用来酿酒的发酵缸或是储存稻米的米缸，但其实任何一种看法都没有足够的证据来证明。

　　石缸平原也是收费的景点，每个遗址群都单独售票，但票价低廉到可以忽略不计。在从景区的门口进入石缸所在的遗址群的小路上，我们又发现了熟悉的红白砖，之前教给各位的方法还记得吧，走在白色区域内才可以保证安全。

　　MAG组织的造访说明这个地方也曾经是被轰炸过的目标，看到了遍地的石缸更是毫无疑问地证实了这一猜测。完整的石缸虽然不少，但是被炸成几瓣，甚至变成碎片的也不在少数。在一些空旷的地方，还依稀可以见到当年的炮弹坑，弹坑旁边的蓝牌子上标示的1964——1973的字样将历史定格在了那个炮火纷飞的年代。

　　清晨中和夕阳下的石缸平原最好看，这一丝宁静想必是当年人们恐慌生活时的奢望，远处的石缸里倔强地生长着一只长春花，平凡却美丽。

就赖在琅勃拉邦了

对于中国游客来说，去琅勃拉邦比坐飞机到万象更方便，尤其是南方的朋友，开着车从西双版纳直接就杀过来了。赶个清明、五一小长假，随随便便开车就能出个国。所以在老挝北部的公路上，看到中国牌照的汽车并不是什么新鲜事。

之前我去的石缸平原并不是常规旅行团的线路，从这里到琅勃拉邦也是一连串颠簸得要命的山路，怪不得刚在老挝开上车的时候我就觉得当地人开车胆小得可爱，不像东南亚其他国家，开车快得简直是在玩命。

在老挝，有时候你需要借道超车，作为一枚合格文明的老司机，首先要保证是可以超车的路段，其次要保证对向没有车辆，或者有足够的超车距离。即便如此，老挝司机见着有对向超车的时候，还都跟见了鬼似的，又打灯又按喇叭，搞得自己都倍儿紧张。

老挝的天气也很特别，热是不用说了，是我到过的最热的东南亚国家，经常40℃。雨水也特别多，而且很准时，准到每天的几点到几点必须有一场雨，这也给路上开车造成了一点小麻烦，遇到没什么柏油铺装的泥土路，如果是两轮驱动的小轿车就比较费劲了。

连续七八个小时的山路驾驶对车辆的要求很高，对

驾驶员的要求其实更高，不过你记住一点就行了，少用刹车。少用刹车可不是不减速，我们得用合理的挡位和发动机转数去控制车速，这样才能减少对刹车使用的压力。即便是这样，几个小时下来刹车性能的衰减也很明显，这时候一定要让车子找个地方休息一下，等刹车组件的温度降下来再走。

沿途的山路上完全没有可看的景点，只能专心赶路。除了树林子就是路旁一些破旧的高脚楼，当地人的生活非常艰苦，房子里黑乎乎一片，别说是电器了，有的地方连电都没有。

随着视线进入琅勃拉邦，眼前的景色一下子变得丰富了起来。色彩是我们认识琅勃拉邦最直接的方式，无论是树木花草，还是带着法国殖民风情的两层小楼，再或是一座座保存完好的老挝寺庙，都有着自己独有的鲜艳色彩。你把眼睛眯起来往远处眺望，最远的一定是蓝天白云，往下便是环绕着古城的绿树群山，两旁多是白色和土色墙面的建筑，这有点像越南的会安，路上三三两两的赭黄色便是当地的僧侣，而那星星点点的金檐红顶毫无疑问就是遍布全城的庙宇了。

琅勃拉邦的天气就像当地人的性格一样朴实简单，只分为下雨和不下雨。不下雨的旱季从10月到次年的4月，而5月到9月是当地的雨季，但即便是在雨季也不要过分担心出行的问题，这里的雨和我们江南的梅雨不一样，属于性子特别直爽的暴雨类型，电闪雷鸣，说下就下，说停立马也就停了，只是难得凉快一会，气温马上就会飙升回来。每年四五月份是最热的季节，常规温度就有40℃。如果你开着一辆带空调的汽车，那当然是没问题的；如果你租了一辆摩托车骑行，那最好不要停，停下来就热死了；而这里出租的自行车，我想早晚骑一骑也就够了。

琅勃拉邦是整个东南亚历史建筑保存最好的地方，全省境内就有将近700座极具价值的古老建筑，而这里的庙宇又是老挝庙宇中最漂亮、最多的。琅勃拉邦是老挝古代的国都，至今还保存着许多当时修盖的庙宇，光是古城区内就有二三十座，琅勃拉邦古城区也在1995年被联合国教科文组织列入《世界遗产名录》。

琅勃拉邦由古城区和新城区两个部分组成，通常活动的聚集地都遍布在旧城区，而旧城区的面积很小，往返下来就是纵贯的两三条主干道，中间一条贯穿全城，城里最热闹的酒店、寺庙、餐馆、夜市基本都在这里；西边这条挨着湄公河，沿河都是小的餐厅，别有一番风情；而东边这条路贴着南康河，很多遗产酒店都在这边，虽然仅仅是一路之隔，但已经能感觉出来不一样的气息。

从丰沙湾开车到这里大约要七八个小时，这一天下来能把人累个半死，所以必须找个像样的地方安顿下来。而琅勃拉邦有着全老挝最棒，最有特色的酒店。

先说说我住的地方，叫作布拉萨立遗产酒店（Burasari Heritage），这家酒店就在我刚说过的南康河河边，敞开着的木门里一水儿的老式家具，电唱机中旋转着几十年前的老黑胶，迷人的音乐慵懒地从喇叭里传出来，前台边上一张大红色的台球案子更是让人浮想联翩。一支雪茄、一杯威士忌、一两个好友就可以在这消磨掉一整个白天的时间。

布拉萨立遗产酒店的房间也很有情调，一层都会有个小花园、楼上则是阳光露台，对开的老式木门好像小时候在四合院住过的平房，进到房间之后才发现门上也没有锁，而是一条门闩，这可真是豪华中的返璞归真了。房间的面积不大，但每一样东西都是精雕细琢的，颇具年代感，就连床头柜也被装饰成复古行李箱的样子。

酒店门前的河边上摆着六张餐桌，入夜之后在这里来上一顿纯粹的法式烛光晚餐，真是把当年殖民时的风情体现得淋漓尽致。

在琅勃拉邦很多酒店都有自己的私家VIP车辆服务，布拉萨立遗产酒店配备的是两台1968年出厂的第四代奔驰S轿车，无论是机场往返还是城区通勤都可以体验一把，如果兜里不差钱，租着开几天也很不赖。

除了像布拉萨立遗产酒店这样的酒店，琅勃拉邦的好地方还有很多。比如攀喜风筝山度假酒店（La Residence Phou Vao），这是一家坐落在湄公河沿岸一座小山上的豪华酒店，当年曾是美国大使馆的一处官邸，地势优越，可以俯瞰整个琅勃拉邦老城景色。

如果一味的奢华不能满足你的需求，那还有更有意思的，Da La Paix酒店绝对应该尝试一下。它的位置相对来说更加偏僻一些，大院子的外墙特别高，四个角上还有监视塔。再看房间的设计也十分简单，都是铁门铁窗的统一设计。

你猜得没错，这是琅勃拉邦监狱改成的特色酒店。

善行

　　在老挝旅行不太需要计划，琅勃拉邦更是如此，但有件事还是必须尝试的，那就是清晨的布施。

　　布施是小乘佛教上千年的传统，在很多东南亚国家都非常普遍，琅勃拉邦作为世界级的文化遗产城市，又拥有着几十座寺庙，所以在此布施更容易被人们知晓。

　　布施的过程有很多要求，当地的僧人也非常欢迎游客参与进来，但该有的规矩不能破坏。在一些寺庙的门口有用英文书写的提示牌，告诉游客布施是一件严肃庄重的事情，非常有仪式感，需要我们在衣着上做得体，比如不能露出来肩膀、胸部和腿；在布施的过程中要保持安静，不能大声喧哗；照相是被允许的，但是不要开闪光灯；女人必须坐着，而男人可以站着，等等。

　　布施的时间非常早，一般都在清晨五六点左右进行。无论风吹雨打，僧侣们都会背着锡钵，穿着赭黄色的僧袍，按照固定的路线接受信徒和游客的给予。通常我们看到信徒们会在路边铺张席子，将每天做的第一锅米饭赠予僧侣。而僧侣这一天的食物也就是来源于每天清晨的化缘，整个布施的过程很神圣，会让人心灵上受到洗涤。

当然了，参与布施对于游客来说只是个很具当地特色的体验，而真正要做到和学会布施，还是需要自己心灵上的净化。

给大家讲个小故事：

一个人跑到释迦牟尼面前哭诉。

"我无论做什么事都不能成功，这是为什么？"

"这是因为你没有学会给予别人。"

"可我是一个一无所有的穷光蛋呀！"

"并不是这样的。一个人即使没有钱，也可以给予别人七样东西：

第一，和颜施，就是用微笑与别人相处；

第二，言施，就是要对别人多说鼓励的话、安慰的话、称赞的话、谦让的话、温柔的话；

第三，心施，就是要敞开心扉，对别人诚恳；

第四，眼施，就是以善意的眼光去看别人；

第五，身施，就是以行动去帮助别人；

第六，座施，就是乘船坐车时，将自己的座位让给老弱妇孺；

第七，房施，就是将自己空下来的房子提供出来，供别人休息。

如果你有了这七种习惯，好运会随之而来的。"

嘿！这里也有个"九寨沟"

记得多年前我去越南的美奈，那里有个叫作"红溪"的景点，其实就是一条红色泥沙的小河沟，但可能是因为当地旅游资源的匮乏，所以就只好找些差不多的景观当作对外项目了，那感觉是相当的"凑合"。

这种想法经常伴随着我，尤其是去东南亚国家，除了庙啊、佛啊、各种大神啊什么的，值得一去的自然景观并不多。那么问题来了，老挝除了常规的吃吃喝喝还能看点什么？郭队负责任地告诉你两件事，第一是进洞，第二是玩水。

进洞的事情我们之前在坦贡洛的时候已经体验过了，现在说说水，虽然老挝并没有沿海城市，但丰富的水资源仍然滋润着全国上上下下，在琅勃拉邦这个充满了复古情怀的城市也有着一个必去之处——光西瀑布。

光西瀑布这名字听起来有点逊，再看看地图，距离我们住的琅勃拉邦市区有35公里，怎么去就是个问题。包个车不值得，叫个出租车又不是我的风格，骑自行车的话我怀疑骑过去就没力气回来了，所以还是摩托车骑行吧，来到东南亚摩托车永远是我的第一选择。

骑上车沿着城里的主干道出城，一路上没什么岔路口，很快就进入了山间的林荫道，我去老挝的季节刚刚过

了最变态的温度，骑行在山中还能感到丝丝凉爽，顿觉心情大好！老挝的天然绿化好得没得说，所以林子里的各种昆虫也着实不少，骑行的话一定要选一个带面罩的头盔，否则它们真的就噼里啪啦全都热情地亲吻你的脸蛋了。

光西瀑布现在算作一个公园，门票20000基普/人（约合人民币16元），进门之后只有一条小道蜿蜒向上引领着一众游客，这时你别说什么瀑布，连滴水也是看不到的，我甚至怀疑是不是白来了一趟！

小路的右手是一个熊保护中心，门口有全世界各种熊的模型，中国的大熊猫也位列其中，但当我看到心目中的"盼盼"，整个人都凌乱了，看在老挝人民没见过"熊孩子"的份上，就原谅他们好了。

继续往前走，隐隐约约地听到了水声，心情还是小激动了一下，通过这个回响我判断这瀑布还不小呢。小路一转，忽然间几层碧水就呈现在眼前了，这明明就是个九寨沟嘛！光西瀑布的瀑布其实离我们还很远，它位于整个公园的尽头，而我们最先看到的就是最下游的几片梯田一样的池水了。这几层的池水宁静且安逸，悠扬又柔软，石灰岩和光照的多重作用让它泛出了淡淡的石青色，就像绸缎一样甚是雅致，加上水面周围郁郁葱葱的林木，气温仿佛一下子降下了好几度，让人顿时感觉凉爽起来。

继续往上走，仍然是池水，但明显感觉到了水的灵动与活力，距离瀑布越近水流的气息也就越明显。走到这里很多人都已经大汗淋漓了，最想干的一件事就是跳进水里好好玩耍一番。机会来了，你要先找到那棵超具人气的歪脖树，树下是一片深潭，树上拴着一条长长的麻绳，要做的事情很简单：爬上树，拉过麻绳，悠到空中后撒手，完成一个漂亮的107B（向前翻腾三周半屈体）动作，如果还能带着点儿人猿泰山的音效，那我就先给你双手点赞了。

比起那些水上乐园，这里才是最亲近大自然的方式，不过需要提醒的是，整个园区里面都没有安全员，所以还是要量力而行。

接着往上走不远处，光西瀑布的全景尽收眼底，和那些世界级的大家伙比起来，光西更像是一个娇羞的少女，依偎在山边轻歌曼舞。瀑布的前方有一座小桥，站在上面享受着迎风拂面的水雾，好像自己也投入了它的怀抱，清爽通透。

体验瀑布最直接的方式就是尽量地离它近一些，在光西瀑布的石壁上有一条隐隐约约的小径，顺着它走过去竟然可以进到瀑布后面的一个溶洞，这还真有点花果山的感觉。

第三章

INDIA

印度

口味，
没有最重只有更重

为啥去
WHY TO GO

对我来说，这个国家不仅要解释为什么去，还得解释为什么一去再去。因为这是一个去不够的地方，对此，很多人表示无法理解。初去印度还是2007年的事，那时候我还算不上是东南亚旅行专家，顶多是个"砖家"，对于这个神秘莫测的地方，也就那么顺其自然地走下来了，只不过那时的视角和现在比起来多少有些不同，现在的我在印度旅行更加不设限而已。

对印度这种奇幻色彩超级浓重的国家，我最早的印象就是从电视里，记得小时候每天《新闻联播》之后老有个印度大美女的画面做串场，那会我就寻思：咦，印度女孩咋那好看咧（当然来了印度才知道，电视里的美女终究也只能在电视里出现）！

我特别不喜欢国内的一些导演拍的片子，电视频道60个台，30个演的是抗战片，另外30个演的是农村片，让很多没有来过中国的人都以为我们还生活在20世纪80年代呢。不过印度人脑子可就转得快多了，特别与时俱进，看电影新德里跟洛杉矶感觉没啥差距嘛！活生生的一个宝莱坞就能说明一切。

　　宝莱坞（Bollywood）是位于印度孟买的电影工业基地的别名，印度人把"好莱坞"(Hollywood)英文首字母"H"换成了本国电影之都孟买(Bombay)的字头"B"，因而把"好莱坞"变成了"宝莱坞"，这是多么令西方国家不齿的行为啊！在我看来也是山寨到了极点，但不管怎样，宝莱坞依然高产着印度的歌舞片，每当我搭乘长途国际航班时总会选一部印度电影来调剂乏味的旅程，至少它们会让人很开心。

　　所谓宝莱坞的歌舞片就是几乎在每一部电影中都会时不时地插入唱歌跳舞的场面，插入的完全没有前因后果，但观众却也乐在其中。我也很喜欢，至少印度的音乐让人放松，虽然多少首歌感觉都是一样的，但那种舞蛇一般曼妙的旋律特别迷人。当然比歌舞更让我期待的是印度电影中的各种神特效、神技能，只能说是没有最扯只有更扯。

不过言归正传，这么强大的电影产业终究还是会有好的作品诞生，多的不说，如果你真的计划去印度旅行，那么《贫民窟的百万富翁》就是一堂必修课，它客观反映了当今印度的社会形态，这部片子里描绘着一个真实的印度。

印度确实是个有意思的地方，好多你道听途说的事情其实都不假。比如说神牛，那地位真是太高了，想去哪去哪，坐马路中间歇着都是给你面子，顶多把路堵上，上你们家里晃荡也是没招的。

还有那恒河里的水，看一眼都觉得脏了眼珠子，但这可是印度的圣河啊，你就是搞不明白为什么喝里面的水能不拉肚子。

交通也是如此，初到印度的朋友没傻眼儿乎是不可能的。各种你能见过的所有四个轮儿的和四条腿儿的都在路上，但你就是解释不了为什么可以不堵车！几百万的大宾利和散了架的人力车在一起，穿金戴银的大富豪和皮包骨头的路边乞丐也在一起。太多的不可能在印度都变得理所当然，也让印度成为一个超级矛盾体。

但这些绝对是去过印度才能有的感受，对于第一次打算去印度的人来说，往往还是美好的愿景占了上风，比如你想感受泰姬陵带来的凄美爱情，或是在恒河边上静静地练一次瑜伽。而我当时的想法也特简单，一是想去看看印度的美女（这绝对是被电视节目误导了）；二

是尝尝印度的咖喱（不要相信你在国内吃过的任何一家印度餐厅）；三是坐坐那些超载的火车（还嫌不够乱是不是）。可以说猎奇的心态延续了整个旅程，但这丝毫不妨碍它本身的精彩。

还得再啰唆一句：自助游是我推崇的方式，但印度绝对不适合初次来玩的朋友。

咋玩的
HOW TO PLAY

印度之行的核心人物 出发吧

　　早几年的旅行当中，我和我老婆经常和另一对夫妇结伴而行，男的我们叫"马老师"，是名文字工作者，英俊帅气，经常被东南亚的小姑娘要求合影；女的叫COCO，我更习惯叫她"抠总"，因为这人总是特抠，经常被50卢比的"巨款"冲昏头脑不知所措，但抠总终归是有存在的意义的，不怵生人，善于交际。

　　想要回忆起8年前的每个瞬间似乎是不现实的，但好在这是印度，所有的事情都让人记忆深刻。2007年9月26日，一个通宵加一个上午的紧张工作，终于在下午3点提前结束，打车直奔机场，在数小时的等待后，晚点的CA947飞离了首都国际机场。

　　德里和北京相距遥远，足足飞了7个小时才落地。凌晨，3-3排列的窄体客机降落在了漆黑的德里机场，夜色下一片迷茫，无法及时地对机场进行评估，出关的过程简单快捷地让人有点难以置信，不都说这效率不咋地吗？递签证、盖章、走人，一分钟不到你就可以大大方方地踏上这片陌生的土地了。

出关后才到凌晨3点，环顾机场相当简陋，之前看游记知道很多人都有打车被骗的经历，所以我们一行4人也是不敢贸然行事，再小心也不为过，毕竟这是印度，一切陌生而又深不可测。

艰难地熬到了凌晨5点半，天已经开始渐亮，我们打算出去叫个明码标价的出租车，没曾想一出大门便有人上来搭讪，抠总一下子就被200卢比从飞机场到新德里火车站的价格所诱惑，毕竟比机场出租便宜不少。

就这样，四人稀里糊涂地坐上了一辆岁数比我还大好几轮的出租车。

坐上了行走的文物

说到印度的出租车，除了满大街的TUKTUK（这和斯里兰卡是一模一样的），那就是我们当时坐着的这台大使牌（Ambassador）出租车了，说到大使出租那真是两眼泪汪汪的回忆，实在不能再破了。

但我作为一个爱车之人，必须说说人家大使汽车当年的辉煌历史。大使轿车的原型来自20世纪50年代初英国设计的莫里斯牛津（Morris Oxford）轿车，圆润的轮廓数十年来几

乎没有变化，可见从1613年入侵到1947年印度独立，英国在这里留下了太多的影响与痕迹。

大使汽车曾经是印度政要最青睐的座驾，但就这么一款车，一造就是57年，也是让人无语。印度一年的汽车销量250~300万台，而大使汽车只能卖出去2000多辆，所以在2014年时，印度斯坦汽车公司（Hindustan Motors）生产的大使牌轿车宣布停产。

还是看看眼前这台神车吧，性感的发动机罩从风挡开始往前微微隆起，短促圆润的车身完全是当年欧洲车的设计理念，满身的锈迹毫无掩饰地诉说着自己的年龄，而连四只都没有凑齐的奔驰轮毂盖显示着它与生俱来的平民本质和印度人办事非常胡来的特点。

车上没有反光镜，因为在印度开车不需要反光镜，并线啥的看心情就够了，有镜子的车早晚有一天也会被撞掉的。车上也没有雨刷器，刚坐上车就赶上暴雨了，完全盲开了半个小时，看来雨刷器也是多余的。

车内的空间极小，但仍然坐进去了6个人（外加四个大包四个小包），最惨的是前排中间的兄弟，要把挡把夹在两腿中间才能坐下。五十几年的车子，工地一样的烂路，另外这挡可不太好挂哦。

坐毕，准备开车，司机并没有拿出钥匙，2007年那会绝对不会有无钥匙点火的功能！

只见他熟练的从方向盘下拽出来两根电线，“啪啪啪”打了几下，着了！

……

那什么，哥们，咱这车真不是偷来的吧……

重回春运现场

从机场到新德里火车站距离不近，我们坐的车子七拐八拐地绕到了一个很偏僻的地方，周围全是野狗和睡觉的乞丐。司机突然下车，原来他要找个专订火车票的人给我们订票，可惜如意算盘落空，我们早在国内就把这次行程中的火车票都买好了。

大概半个小时的车程，我们来到了印度首都新德里火车站，到了这里我觉得没见过什么世面的人直接就可以疯了。想不到一个首都的火车站竟然可以如此之破旧，如此之脏乱，大厅中人们席地而卧，个个睡得香甜，头顶上鸽子、乌鸦乱飞一气，耳边环绕着大喇叭的广播……大家小时候都玩过华容道吧，从大厅挪到一号月台就得这么费劲。

因为考虑到时间因素，当天我们并没有安排在德里住宿，而是游玩一天之后晚上直接乘坐卧铺赶赴瓦拉纳西，所以在车站存行李是很有必要的。

行李存取一般是一件一天10卢比，有三个时间段是工作人员的休息时间，分别是：00:00-00:30、8:00-8:30、16:00-16:30，你要是赶火车来取行李一定要错开这些时间段。存行李的地方有些要求是硬性的，比如行李每件都必须上锁，有些大背包并没有拉链可以上锁用，那么可以带一条链型的密码锁去，反正不管怎么说，没有锁的行李是不予托管的。为什么呢，经过对环境的调查我们总结出来两种可能。

其一当然是为了防盗，但是本身存行李的地方就有大铁门，很安全；其二，看看地面和别人的行李你就知道了。行李架上全是大耗子啊，放在底层的包包上黑黑的大老鼠慵懒自在地路过，如果你的包没锁，那回头打开的时候发现一只老鼠也不是没有可能。

TUKTUK太赞了

在火车站，大家都上演着凌波微步的绝学，逃出来之后总算是松了口气，只是松了口气……

从地图上看，新德里火车站和即将要去的红堡距离并不遥远，于是决定步行。旅行嘛能走着就别老坐车，不然会错过太多的风景。

不过来到真正的新德里街头，又是让人疯掉的节奏。车怎么就这么挤！牛怎么就这么多！噪音怎么就这么大！

味道怎么就这么冲！作为一名识图小能手，走了没有两分钟，我发现在印度想要找个路牌几乎是不可能的，至少在老城区是这样。而那会儿还没有便捷的谷歌地图和智能手机，地图上标识的街道名字根本找不到，徒步的计划马上取消，这时众人意识到乘坐TUKTUK才是王道，TUKTUK才是印度交通的主宰，出行之利器！

在印度坐TUKTUK可以套用一句广告语：只要你想得到，你就能"坐"到。数量繁多不说，而且车况调教得也相当了得，不仅悬挂优秀，高速过弯不会产生太大的侧倾，而且车架的刚性也极其坚韧，准乘3人的车子坐上七八个成年人都没有任何问题。

新德里的TUKTUK是印度所有城市中体积最小的一种，自重比较轻，发动机放在了后座的下面，应该算是后置后驱的车型，即便是严重超载的情况下起步仍会有些许的推背感，排气的声浪是一浪高过一浪，但最终会淹没在众车的喇叭声中。

印度TUKTUK的刹车性能相当优异，由于无法到达100公里/小时的时速，所以无法测量100-0公里/小时的刹车距离，但从乘坐的感受上看，还是相当有安全感的。

出了新德里，其他地方的TUKTUK也算是各有千秋，不过最爱的还是后来去的焦特布尔。那儿的人们特别喜欢音乐，真是到了无乐不欢的程度。

随便一辆TUKTUK都是精心装扮过的，车头外面的灯泡从不嫌多，车身两侧竟然还有高位示宽灯，大晚上的要是没被当成UFO都是特没面子的一件事。前面挂着金灿灿的布条，车头必贴一个硕大的Nike标志，虽然有时候连对钩的方向都是反的，整个车身和后排乘坐空间都要比其他城市的三轮车大了好多，相比这是豪华版。

因为车子变长了，所以发动机装在了司机的屁股下面，完完全全就是中置后驱的超跑做派！再来看看车子里面，一个小风挡统共还没有三五个巴掌宽呢，上面狭小的空间却被任性地划分成了三个部分，两侧安装了卡带和CD机，中间还有一部小电视，而在车尾的一对电视天线说明这绝对不是摆设！

四个人能舒舒服服地坐在TUKTUK里，这在印度还是头一次。司机是个小伙子，特别自然嗨的那种，回过头来，只说了一个词：Music？

我们本能地说了一句：Yes。

小伙子一按开关，噪音级别的环绕立体声开始播放歌曲，动次打次动次打次……

2007年的时候还没有《小苹果》，否则的话也一定在印度火了。

闹中取静不印度

上午10点钟的光景，四个人磕磕绊绊地总算是来到了红堡，看着相当大，不过后来去了蓝城才知道红堡那么小。门票自然是有差别待遇的，想购买本地廉价票，跟当地人蒙混过关完全不可能，连售票的窗口都是分开的，还是老老实实购买外国游客票吧！

在印度，安检是非常烦琐的，任何一个景区、大型的购物场所都需要上上下下地检查一遍，看来还是有不安定的因素存在。进入红堡，两侧的一些店铺还没有开门，园区里也是人迹罕至，和我们作伴的只有各种鸟和满地的松鼠。

红堡之所以是红色，主要是因为材料，这座砂岩城堡以前是一座要塞，后来被英国人当成兵营来使用了。城堡18米高的围墙可以想象出当时的辉煌，但比较讽刺的是，当时红堡是沙贾汗为了保护他的新首都盖的，不过人还没搬进去住呢，就被儿子篡了王位囚禁在阿格拉堡了。

红堡里面的拉合尔门、私人大厅、宝宫都是非常漂亮的景点，不过可能来得太早，城堡里安静的不像话，突然觉得没有噪音的印度好无聊。

在印度上厕所那还是有点讲究的，待会容我细说，反正要记住，看见了厕所甭管有没有需要最好都上一下。我的血泪教训啊。红堡出口的时候就有一个特简陋的公厕，用完了有人会收1卢比的公厕费，可我身上只有10卢比的纸钞，刷厕所的印度女人拿过了钱一手举着马桶撅子，一手挥来挥去说没有零钱，好吧，算你狠。

后来坐TUKTUK的时候也是经常遇到这样的情况，通常四五十卢比的车费，给他们100块就说没零钱找，这时我们要学会说："NO Change NO pay"，然后你会看到这些人乖乖地摸出零钱来找给你。

出来红堡大门左转就是伽玛清真寺，在来的路上可以看到，慢慢往前走即可。但路上会有一些蹬车的人和你说，那边小路不好走，我带你去吧，歪理棋谱（Very Cheap）。其实大路就在眼前，骗人也不选个好点的地方，这也是我对新德里印象不好的原因之一。

伽玛清真寺不要门票，看门的人会热情地帮你看鞋，当你出来的时候也会热情地找你要钱。景色的描写就此略过，这不是我所擅长的。

从伽玛清真寺出来找了一个TUKTUK再度转战附近的甘地墓，这是一个干净免费的公园，但中午顶着骄阳在没有高大树木的园中行走是件很受煎熬的事情，何况来之前还在熬夜加班，体力有限，于是草草了事。现在要做的是赶紧找地方吃饭！

■口味，没有最重只有更重

真正的印度豪华料理

坐TUKTUK直接来到康诺特广场，此乃新德里之中心也，到了这里才算是多少脱离了一些喧嚣。绕着圆形广场的小圈寻找饭馆，HOST字样映入眼帘，这是一本旅游书上介绍过的馆子，就是它了。

进入饭店后空调极其凉爽，劳累了一天多的我竟然靠着椅子睡着了，直到点的饭菜端上来的时候才醒过来。仔细看看周围，是属于相当高档的餐厅，灯光有些人为的昏暗，但却没有一丝的暧昧，因为从服务员到食客基本上都是老大爷级别的。很显然这里是周围大公司或是有钱人谈事吃饭的地方，倒是我们几个外国人成了这里的焦点。

饭菜的质量就当时的感受来说相当不错，味道纯正，而且干净卫生；羊肉、鸡肉滑嫩可口，做得恰到好处；只是印度的大米显得有些干涩，没有中国、泰国的好吃。这样一顿饭下来，约合人民币300块，相比当时北京的印度餐厅来说，味道和价格都略胜一筹。

在印度像样一点的地方吃饭，结账的时候都会收取12%左右的税，这点还真是继承了老牌资本主义国家的传统。国内去的朋友到时候不要不理解，更好点的一些餐厅还要收取服务费，两样加起来也是笔不小的数目呢。

饭毕，侍者通常都会端上一种清口的零食，也可以说是印度的口香糖。基本上是用糖和茴香籽制作的，有的包裹着各色的糖衣，有的直接就是可以把茴香籽和小块的冰糖混在一起，放进嘴里。味道大家自己在家也可以尝试一下，这在中国是很平常的香料了，只是咱们从来没有想过要这么吃到嘴里。

在街边的一些烟摊也会售卖这样的零食，形状很多，以小袋封装，几卢比一个，有兴趣的话就带一些回去给朋友吧。

不用多买，因为不会有多少人愿意吃的。

"方便"不方便，
没有纸的印度怎么办

接着刚才的话题我们聊聊人生中最重要的事情之一。初到印度的这两天感触最深的并不是吃喝，而是拉撒，这话真的一点都不假。在印度的街头根本没有厕所，特别不方便，但如果你真的融入了其中，那么便可达到遍地皆可方便的至高境界。

记得从新德里坐夜里的火车去瓦拉纳西，第二天清晨

的时候正好经过一个村庄，铁道两旁很多印度男女都拎着个小水桶溜达，实在不明白在做什么，后来发现很多人撩着长袍蹲下来，有的表情舒缓有的表情狰狞，再看那边有人站起来了，地上多了一坨便便。

没错，这就是无厕所印度的真实写照，所以如果你想要喜欢这里，就必须学会不介意任何事情，其实抱着尝试一下的态度也很不错。想想看你不可能在任何一个大都市的闹市区对着墙面嘘嘘吧（印度很多给男性的厕所就是露天的墙面），这里可以，最重要的是——不！罚！款！而且别担心找不到专门嘘嘘的墙，闻着味寻过去就对了。

对于印度人的这些习惯，在我们旅行之前还是要有所了解才行。印度人上厕所不用纸，当然这里指的是"大活儿"，即使你幸运地找到了一个公厕也不要指望里面会提供卫生纸这种东西，你能看到的通常是一个水桶一个水杯，仅此而已。

当地人在"完成战斗"之后会用右手拿着盛满水的水杯一边浇水，一边用左手清洗，冲洗干净之后再用杯子里面的水洗干净左手，对于用水量把握之精准令我等外国人士惊叹，毕竟这在户外是一杯水必须解决完的事情，不可有任何闪失。

方法和场地都已经教给大家了，正所谓师傅领进门，修行在个人，各位有没有这个造化就只好看自己的悟性了。

如果你的悟性实在不高，那么就请做好下面几个准备：

1.出门之前带上足够多的卫生纸；

2.不放过任何餐厅、酒店中可以方便的机会；

3.女同学们长点心吧，喝那么多水到时不急死你啊。

聊聊火车
没有蟑螂就更好了

这一天的行程排得有些过于紧密，从北京飞过来已经一天多没有合眼了，下午6点半直接奔赴火车站，乘坐2A空调车杀往瓦拉纳西。

火车在印度的角色真的像是神一样的存在。来印度旅游的原因有很多，有些人喜欢文化历史，有些人喜欢自然风景，而来印度的人中一定会有人因为这样一个理由：火车。因为火车来印度的人，绝对是专业玩家。

印度有世界上最丰富的铁路网络和先进的网络支付系统，更重要的是印度有世界上最豪华的列车。网络上看到那些一节车厢挤好几百人的场面不是没有，但那都是底层的线路和车厢，真正的有钱人自然会有特殊的选择。

我先给大家盘点一下普通火车的等级，其实我们国内高铁也分等级，不过没三六九等的那么细碎，之间的差距也没那么大。在印度就不一样了，一列普通的火车就能分出来六七个等级，好像这个社会一样，贫富差距特别直接，赤裸裸的。

最贵的是1AC，也就是空调卧铺的1等，每一个小隔间里都有2~4张床铺，门上有锁，还提供饭吃，不差钱就来这个。

下一个等级是2AC，还是空调卧铺，只是变成了双层的，乘客的隔间是开放的，白天可以把床铺调成座椅，晚上再睡觉。其实2AC的性价比最高，也更适合长途跋涉的行程，所以是旅行者选择最多的级别。

再往下是3AC，虽然还是空调车，但卧铺变成了三层，这就跟国内的卧铺车厢非常相似了，当地的一些游客会选择这样的车厢。

接着就是空调软座和硬座，叫作AC Executive Chair和AC Chair，到此为止请大家记好，但凡是空调车，能坐得上空调车的，那就都还不错。

相比之下，Sleeper Class就低端多了，无空调卧铺！三层，

巨热无比。绝对是当地人出行的首选，如果真想深入接触当地人的生活，那辛苦点就选这种，保证你一路上不会寂寞，印度朋友的热情可是出了名的，请提前做好心理准备。

当然了，如果觉得还不够虐，请买一张无预订的二等车厢票（Unreserved 2nd Class），保证你一路酸到爽。

这些说的都是普通列车，即便是最贵的1AC其实也没有太多钱，和真正的印度豪华列车比起来顶多算是个零头。印度的豪华列车都是皇室级别的，一张票包括所有的费用，住宿、旅行、门票和餐食。

比如每年10月到次年3月的从班加罗尔启程的南部游览专列"黄金战车（Golden Chariot）"，8天7晚的行程可以沿途欣赏到卡纳塔克邦和果阿邦的美景，单人间一晚上754美元，是美元哦。如果还可以接受，那看这个，"车轮上的皇家拉贾斯坦（Royal Rajasthan on Wheels）"提供一个星期的奢华之旅，从新德里出发，每人每晚1600美元起。

既然跟抠总出来，那我自然也不会有这样的土豪朋友了，还是踏踏实实地享受属于自己的旅程吧。上了车之后好玩的事情也不少，每到一站的时候列车都会停个两三分钟，车厢里通常会蹿进来一个卖奶茶的，便宜的时候2卢比一杯，最贵时5卢比一杯，味道非常好，香醇且有一些姜的味道，可以暖胃。喝奶茶的杯子也很特别，是用很薄的陶土烧成的，形状特别抽象，反正能装水喝就好了。喝完了直接从窗户扔出去就行，杯子本来就是土做的，掉在地上立马碎掉，还真环保。

当天的晚饭是在火车上解决的，分为荤、素两种，素的真是素得可以，一点菜糊糊一点米饭一点饼，极其难吃但是也极其便宜；荤的也是荤得惊人，一大盘子全是鸡肉（至少够两个人吃），卖相糟糕但是吃起来味道会有天壤之别，130卢比的价格绝对超值！印度人办事总是这么极端。

这印度大盘鸡真是特别好吃，但别忘了你觉得好吃，那蟑螂啊耗子啊肯定也觉得好吃，所以晚上睡觉的时候车厢里可就热闹了。同行的抠总不怕耗子但最怵蟑螂，可枕头边上、墙上、桌子上、地板上，哪儿都有蟑螂，还都是特小那种，爬得特快，打都打不着，吓得抠总哇哇乱叫。

再看马老师也没好到哪儿去，平日里风流倜傥的一枚美男子此刻正揪着床单蜷缩在床头，一副刚被凌辱过的可怜相。眼瞅着同伴已经疯了，郭队我必须像机器猫一样伸出"圆手"，旁边一德国哥们和一日本小兄弟也看不下去了，纷纷抄起鞋底子，噼里啪啦地进行了一场联合国除蟑活动。

折腾了个把小时，大家终究还是太累了，虽然非常不安仍然昏沉沉地睡了过去。

第二天清晨，我早早地就起来了，地板上一只顽强可爱的小蟑螂爬进了抠总的鞋里，我没有告诉她。

面对死亡

　　清晨，列车缓缓开进了瓦拉纳西火车站，如果你想感受真正的印度，那么瓦拉纳西就是不可不来的地方，没有之一。

　　在我的认识当中，瓦拉纳西因为恒河而闻名，恒河又因为生死之事叫人难以忘怀。

　　瓦拉纳西河边的建筑物非常雄伟，本来想用"华丽"一词来形容，但现在的样子实在有些脏乱。恒河水时涨时退，因此河边的建筑物都非常高大，建筑物的下面没有任何设施，多是石头墙面，以用来抵御河水的侵袭，在一些墙面上会标记着重要年份的水位，在1978年这里曾经几近上限。

瓦拉纳西是印度的七大圣城之一，以前它不叫这个名字，而是叫作"迦尸（Kashi）"，翻译过来就是生命之城的意思。这座城市给人的感觉特别神秘，而且在这里你会感受到生与死是如此的平常。

每天来朝圣的信徒都会在恒河中用神圣的河水洗去一生的罪孽，给一些亲朋好友火葬的仪式也是在恒河岸边举行，死亡在这里变成了重生的轮回，所以是一件非常神圣的事情。

瓦拉纳西所能活动的地点就是沿河的迦特（Ghat），也就是一连串通往河水的石阶。在瓦拉纳西的河边，一共有80个大大小小的石阶，但老城区的石阶规模最大，人气也最高，在最集中的这20来个迦特中，有大小两个火葬的地方不允许拍照，如果你看到有很多柴火、烟雾缭绕的地方，那就说明到地儿了。

主要用于火葬的石阶叫作玛尼卡尼卡石梯（Manikarnika Ghat），处理尸体的人是贱民阶层，叫作旃陀罗。因为工作非常卑贱，旃陀罗在看到自己的孩子出生时竟然会陷入痛苦之中，反倒是家人去世时满心喜悦，因为死亡对他们来说是一种最终的解脱。

在印度，死后能够被恒河水沐浴，并且火化在这里是所有信徒的期望，将骨灰撒入恒河，可以让死者免受生死轮回而永远生活在天堂。作为死者的家人，会将尸体运到恒河边上的火葬石阶，选择不同价位的火葬服务。柴火、檀香、酥油、麦秆都是火化过程中的必需品，一次火葬的费用也分贵贱，从十几美元到近百美元的都有，很多穷人可能活了一辈子，到头来也没有攒够把自己安葬在恒河边上的这笔钱。

死者的尸体在被运到火葬台的时候已经用白布包裹了起来，旃陀罗首先要脱去他们贴身的衣裤，直接扔到恒河里，不过在河里永远会聚集着当地的孩童，他们会翻一翻

死人的这些衣服，看看里面还有没有值钱的东西。

　　旃陀罗会用河水给死尸进行清理，我想这也是他们生前最希望的事情，之后的过程便是真正的火葬了。旃陀罗会在尸体上摆放好数量适当的木柴，因为所有东西都牵扯成本，所以一切都会算计得很精确。一些旃陀罗的工头也因为垄断了火葬台的工作，变成了百万富翁。

　　火葬的时间很长，一具尸体要烧几个小时才能完成，在燃烧的过程中如果死者的头骨爆裂，那将是很好的象征，说明他的灵魂可以升入天堂；如果没有的话，丧主也会在烧完尸体之后砸碎头骨，连同骨灰一同撒在恒河里面。

　　而有些家庭因为没钱，买不起足够的柴火，当火熄灭的时候尸体还没有烧尽，旃陀罗也会毫不犹豫地把剩下来的东西统统倒进河水里。石阶的下面仍然有不少的孩童，他们在焦黑的骨灰中摸来摸去，或许希望能再找到一些值钱的东西。

　　火葬石阶全天下来都不会停歇，每天在这里要焚烧掉上百具尸体，每一具尸体都要耗费掉300公斤的柴火，所以在玛尼卡尼卡石梯附近永远缭绕着让人不安的气味。

　　不过令人不安的事情可能还不止这些。

　　印度教是印度本国最大的教派，而爱古里（Aghori）属于印度教派之一，这些爱古里信徒也生活在火葬台的附近，他们对生死的认识更加极端。他们信仰死者的力量，认为肉体只是灵魂的附属品，他们会从恒河里打捞上来没有被火葬的尸体，分解四肢，然后直接生吃。

　　爱古里教徒通常会画着脸，穿着很少的衣服，他们表示这样的生活方式是为了阻止源于世俗的妄想，他们就是印度的"食人族"。

享受恒河

入乡随俗各位懂吗？出来玩一定要豁得出去，恒河里边洗个澡什么的都得体验体验，我就是特别懂分寸的一个人，所以我就没下去。实在太可怕了，除非在我的字典里没有"皮肤病"这三个字，当然了，恒河在印度人眼中一定是最神圣的，每天清晨我们都可以在这里看到很多信徒，刷牙、洗脸、搓背，打肥皂的、抹洗头水儿的……热闹死了。

对于咱们出来玩的人来说，感受恒河还可以包船游览一番，我想这样可能更安全一些。从住的地方来到河边，踩着一片烂泥下到水旁，约好的小船就停靠在这里，划船的师傅一边划一边给我们介绍，不过实在听不清楚。因为这里的很多人都习惯咀嚼那种街边卖的烟草，嚼得太久嘴巴都被麻痹了，说起话来含含糊糊的。

说到了咀嚼烟草不妨介绍一下，这是印度很流行的一种东西，全印度有2亿烟民，其中有4000万人日常使用这种咀嚼烟草，因为特别便宜，通常只要5卢比一包，所以基本上都是底层收入的人群才会购买。

咀嚼烟草通过刺激的手段让人兴奋，它的好处就是烟民再也不用担心会得肺癌了，它不好的地方是肺癌没得全转成口腔癌了。就在我写这段文字的时候，印度政府宣布在新德里将再一次全面禁止咀嚼烟草，一方面是保证大家

的健康，另一方面是维护环境，因为这些烟草嚼完了都是
往地上一吐了事。只不过当地的烟民和烟贩都表示，上有
政策下有对策，不解决烟草商生产就业的问题就让事情戛
然而止显然是缺少考虑的。

　　上船之后行驶的方向和我们昨天的路线是一样的，
只是这回人在船上、船在河中，远远地望着，昨天河边
火葬的场景现在想来仍然历历在目。镜头中恒河边上的
建筑披着清晨渐暖的阳光，一点一点地显露出本身的魅

力，这让每一个举着相机的人也变得兴奋了起来。不，应该是魔力！

　　除了每天清晨沐浴的信徒，一整天河边都是熙熙攘攘，人来人往不断。到了上午，许多妇女就挎着木盆从家里出来了，开始在河边洗衣服，有说有笑的，只是这衣服能洗干净吗？周围酒店的清洁工也会出来干活，把一张一张洗过的床单铺在堤岸上晒干。可能是我已经在印度待了好几天的缘故，初步适应了这个环境，竟觉得这一切还挺自然。

　　下午的时候，供应过午餐的饭馆也开始派人出来了，看着那些人在这个充满故事的河里认真仔细地刷着酸奶桶，旁边还有人坐着洗脚，也觉得没什么大不了的。

　　晚上是Main Ghat的表演时间，在这里有很多铺上毯子的小平台供观众坐着观看，不少当地人站着围成一圈，坐在其中的多是一些衣冠比较整洁或是比较有身份和地位的人，我们去的时候基本上没什么位置了，唯有中间类似主席台附近的三个台子还有点地方，抠总那是相当不见外啊，脱了鞋子就坐上去了，拽都拽不回来。好在周围的一位长者（类似负责人）并不介意，还非常热情地招呼我们几人坐下。

表演的时间相当长，大概需要一个半小时，如果你坐在岸上看，也就是我们所处的位置，那么你只会看到表演者的后背；如果你租一条小船停靠在表演区的岸边则会获得更好的视觉效果，需要拍照和摄像的话可以考虑后者。

表演差不多晚上8点多钟结束，在石阶附近会有给乞丐发放塔立（THALI，就是吃的咖喱套餐）的地方，很多流浪汉都会在这里吃饭，从Main Ghat往上走就是瓦拉纳西最繁华的街道，这里吃的、用的和一些印度特色的手工艺品、装饰品都可以买到。

除了购物，最有意思的还是Henna Tattoo，中文称作海娜纹身。

海娜纹身不是真正的刺青，而是把一层颜料画在身上，待颜料干了褪去的时候，图案便留在了身上。海娜纹身是中东、印度女人最主要的体绘装饰手法，按照印度的传统习俗，每位女子在出嫁的时候必须具备海娜纹身。新娘纹身的图案也有很多讲究，许多花朵都代表了对新娘"多子多福"的祝福；孔雀和荷花是印度的国鸟和国花，象征着美丽、富贵；扬起鼻子的大象则代表家庭繁荣和好运。

这种工作需要资深的手绘师来承担，一个新娘子手脚画满图案通常要七八个小时，而对于游客来说，只需好好体验一把，不用特别纠结于图案，让手绘师自己发挥就好。

纹身的过程挺简单的，首先会在要作画的位置上涂抹一层专用油，看包装估计也是三无产品，然后把专用的一种涂料挤在皮肤上，看起来和做蛋糕印花非常相似，只是印度的这些花纹要复杂很多。

两位手绘师一位画得流畅写意，一位精雕细琢，各有滋味却又非常漂亮。画完后一个小时内是不能涂抹这些图案的，一个小时之后就可以将这些已经凝固成硬块的颜料从皮肤上抠下来了，这时再看手臂已经清楚地映出了美丽的纹路，只要不是用毛巾刻意地擦洗，保持十天半个月的时间一点问题都没有。

遗憾的是这往往是新娘子嫁人前的装备，体验也是以女性为主，要不然我也整个大花臂试试效果了！

印度的封面 泰姬陵

泰姬陵毫无疑问地是印度最完美的一个标签，它清纯圣洁，像梦境一样坐落在阿格拉的这片土地上。我相信有超过半数的人来印度旅游，都是为了在有生之年可以亲眼见见传说中的泰姬陵，无论什么时候，我都觉得这个名字美得有点不真实。

在印度的北方邦，我们绝不能错过的两件事情：第一，在黎明的瓦拉纳西沿着恒河乘船而行；第二，在日落时分守护着美丽的泰姬玛哈。第一件事情我们已经完成，所以接下来的行程当然是坐火车前往下一个目的地——阿格拉。

阿格拉也是个不大的城市，我们在火车站找了一个司机小伙子，人看着挺干净也很干练，谈好价钱就上车了。在阿格拉趴活的车子很多都是小面包车，停在停车场里也算是秩序井然，上车之后发现里面相当干净，车况也不错。行出火车站，通往城里的道路简直让人不敢相信，很干净而且很安静！路上的车子不多，一路上几乎没有听到熟悉的喇叭声，一下子反倒有点不适应了。但同时也感觉到泰姬陵魔法般的魅力，它似乎在影响着阿格拉的每一个人。

小伙子名叫阿布，这两天我们都包了他的车。下午两点多钟我们到达泰姬陵附近的小街，走过一串卖工艺品的店面便来到了泰姬陵的大门口，来参观的人啊，没有一千

也有八百的样子，浩浩荡荡的队伍排到了很远的地方。

这时候街道旁照例会围上来若干名热心人，带着你帮你介绍啊，买票啊，存包啊……但无论聊什么都逃不过最后一句话：只要你给点银两就可以带你快速通过，不用排队。但别忘了我边上有抠总啊，这冤枉钱怎么能花？

进入泰姬陵首先要在大门旁的购票处买票，外国人票价比较贵这事其实都不值得吐槽了，但也别高得太离谱好不好。当地人20卢比，外国人750卢比，也太瞧得起我们了。

拿着门票可以在旁边领取一次性鞋套和一瓶白水，质量没问题，请放心饮用。拿着领好的一套行头就可以去对面的地方存包了，主要是不让携带香烟打火机这样的东西，说是免费存取，不过在你回来取的时候他们总会说随便给点吧，给多少是多少。

准备工作结束！来泰姬陵的人即便是当地游客很多也是跟团的，这像极了我们的故宫，旅行团通常都从东门和西门进入，刚看到上千人的队伍就是这些人，其实泰姬陵还有个南门，人很少速度快。

泰姬陵被人形容为"世间一切至纯之物的化身"，它是沙·贾汗为了纪念自己的第二位妻子穆塔兹·玛哈尔修建的。1631年的时候，玛哈尔在生产第14个孩子的时候去世了，国王因为爱妻去世非常悲痛，打算修建泰姬陵来纪念亡妻。

泰姬陵的工程启动之后，主体建筑就花了8年的时间，1653年整个建筑群才算完工，这时候距离玛哈尔去世都已经22年了。根据剧情的设计，完工后不久沙·贾汗的儿子一定会篡位夺权，果然是这样。之后的沙·贾汗被囚禁在了远处的阿格拉堡，只能整天远远地望着泰姬陵，在心中思念着玛哈尔。

走过红色的砂岩大门，泰姬陵映入眼帘，如此的视觉效果和在柬埔寨看到的吴哥窟一

模一样，只不过是玉米头变成了洋葱脑袋。照相的人总是喜欢在台子上扎堆，其实大可不必，继续往前走，在水池前会有更好的视角把泰姬陵的影像纳入其中。当地人在爬上泰姬陵的时候统统要脱掉鞋子，脱下来的鞋可以放在路边，而外国游客的待遇要好一些，可以使用鞋套。

泰姬陵的主体坐落在一个巨大的大理石平台上，因为平台本身就很高，所以泰姬陵的身后永远只有一片蓝天。在建造泰姬陵的时候，主体下方一共挖了18个井，每个井都以一层石头一层柚木的方式，把地基层层叠起，以减轻地震对主体的伤害。四个白色的尖塔环绕在泰姬陵主体的四个角上，目测可以看出有一些向外倾斜，毕竟已经是几百年的建筑。不过也有人认为这是故意设计的，万一遇到地震的时候，尖塔不会倒向泰姬陵。而测绘的数据更加惊人，每个尖塔都是向外倾斜12度，不得不说建筑奇迹在每一个细节上都体现到了极致。

下午的太阳暴晒着泰姬陵的大理石地面，即便是当地人走上去也要踮起脚尖，实在是太烫了，还好这时候穿鞋的不怕光脚的。

泰姬陵下的拱门既是入口也是出口，所以在这种无纪律和秩序的环境下，谦让只能让你一直待在外面看天。顺着人群挤进去，里面不让拍照，不过当地人从不理会这些规矩，该照就照。

进入泰姬陵的里面才能最好地诠释它本身的美丽与精致，陵墓内部只靠室外透入的阳光照明，在穹顶之下的中心结构是用半透明的白色大理石修建的，在去之前不妨准备一只手电，观察石材在光线中的颜色变化。

　　有人这样评价泰姬陵：整体设计上强调数学计算的精密、几何学构成的均衡、光学效应的变化、宇宙学图解的清晰。确实，泰姬陵是当之无愧的世界建筑史的七大奇迹之一。

　　游览结束，时间还很早呢，很多人都会在泰姬陵的背阴面休息，坐在地上又干净又舒服。印度的女学生们很喜欢和浅肤色的外国人照相，当然有帅哥的话被邀请的几率会更高一些，比如同行的马老师。有时候遇到一群学生，那么邀请会一波接一波地，马老师只好一再表示下午很忙……

　　看泰姬陵的位置很多，可以在花园中，也可以在囚禁沙·贾汗的阿格拉堡。告诉你一个小秘密：从水池里看看泰姬陵的倒影，你会发现少女时代的泰姬正在对你微笑。

住在粉嫩粉嫩的斋浦尔

到达斋浦尔正是凌晨时刻，挨家挨户地找旅馆是不现实的，还好从随身带得旅游书上找了一家，阿迪蒂酒店（Atithi）。酒店的房间比较好但是没有空调，不过时间已经很晚了，当地的气温又不至于让我们太难受，于是决定在此将就一晚。

早上醒来仔细地观察了一下这里的环境，硕大的露台很适合晚上小酌一杯。根据以往的了解，我们知道斋浦尔有更好的印度风格酒店，而在此之前的计划也正是这样设计的，不管多少钱，一定要在这里小小奢侈一下！

斋浦尔也是一座历史重镇。作为拉贾斯坦邦的行政中心，它是所有来印度旅行的人必到之处。刚刚离开了清净的阿格拉，斋浦尔绝对会重新给你当头一棒，这地方太乱了。

斋浦尔还有个好听的名字，叫作"粉城"，粉红之城，这是咋回事？粉城其实指的是斋浦尔的旧城，整个旧城被城墙所包围，每隔一段城墙就会有一扇巨大的城门。旧城内的街道将城区划分成了整整齐齐的方块，每个街区都有自己专属的行业，这跟越南河内的36街特别像，我觉得这样挺好，买什么东西都知道去哪，还能够在一个地方货比三家。

粉城斋浦尔因城市里的建筑都是粉色而得名，据说

　　1876年为迎接威尔士王子的到来，整座城市被涂上了一层伪装成沙石的色调，所以有了粉城这一叫法。而整个拉贾斯坦邦也特喜欢搞这些"面子工程"，他们除了粉城斋浦尔，还有金城贾沙梅尔、蓝城焦特布尔和白城乌代布尔，你别说还真是好看。

　　在斋浦尔计划待两天的时间，实际上这里的景点并没有这么多。但行程过半，我想也是一个需要好好修整的时候了。

　　从旅馆出来坐上TUKTUK，竟然歪打正着地找到了一直想要住下的乌曼玛哈尔（Umaid Mahal）酒店，还没进去，光是几人高的镶着八星八钻的大门就让人震惊了，这地方差不了！一进大门，典型的印度风格让人觉得绚烂华丽却又不似泰国建筑那样金碧辉煌，一切都搭配得恰到好处。来到前台说明来意，前台的小黑哥们一句话让我们心凉半截，人家说：你们先看房，看好了咱们再谈价钱不迟，感觉是瞅准了我们要狠宰一刀的架势。

既然如此，那就先上楼看看，不看不知道一看舍不掉，太棒了，这正是我要的。房间的面积很大，装潢也相当华丽，房间内的细节用料讲究，绝对的复古做派。卫生间打扫得一尘不染。大老远地来到印度了，总不能天天住在小旅馆，心里盘算着只要不是贵得太离谱就住这里好了，因为之前在阿格拉也曾见过不及这样的酒店房间，要价也得2000多卢比，这只要不超过3000卢比就给它拿下！

坐电梯下楼，开始捋胳膊挽袖子打算和前台砍价，当然要先面露不屑之色问道：多少钱一间房？答：2000卢比。

惊，四目相对，这么值！

印度小哥看我们表情诧异，连忙说道：1900卢比！含免费早餐！

再惊！还有这么自己砍自己的！

印度小哥看我们表情过于奇怪，貌似也有点儿慌，赶紧再加一句：今儿的早饭也能吃！

嗯，既然这样，那我们就先把今天的早餐在这里解决掉吧！住人家一晚上混两顿早饭吃也是赚了，真是来得早不如来得巧啊。

省钱还得坐公交

重新登记入住之后，磨磨蹭蹭地到了中午又该出发了，因为十点多才刚刚骗了一顿早饭吃，中午这顿自然就免了，中国和印度的时差虽只有两个半小时，但在当地吃饭时间也比中国晚两个小时，这一下就相差了好几个小时。肠胃已经紊乱得一塌糊涂，几天沉积下来的各种不满似乎就要开始爆发了。

今天的第一个景点叫作城市宫殿（City Place），由庭院、花园和各种建筑组成，里面没什么太多的东西，主要是一些藏品和军事用品的展览，在这里逛一圈大概会用一个半小时。当然也不是完全不值得一看，比如说宫殿里有两个大号的银壶，号称全球最大，已被《吉尼斯世界纪录》收

录。这个尺寸显然不是喝茶用的，看介绍据说是当年爱德华七世加冕时，虔诚的王公亲身到伦敦庆贺，为了能每日沐浴，专门找工匠打造了两只巨大的银壶用来装恒河的圣水，不远千里运到英国供旅途使用，不知道英国人对此有何看法。

在斋浦尔，你能感受到的就是一个巴扎（Bazaar，意为集市、农贸市场）连着一个巴扎，真的是购物不止，巴扎不息。所以说斋浦尔是印度的购物天堂，在这你可以买到很多印度特色的手工艺品，很多店铺还可以帮你打包邮寄，服务算得上周到细致了。

实际上斋浦尔是被不同的巴扎划分成区域的，每一条路都是一个巴扎。Bapu Bazaar专门卖沙丽，我觉得想要买一身当地服装的女孩子们在这路过就不要错过了，这么大巴扎一定有适合你的颜色和样式；Johari Bazaar中你可以看看物美价廉的针织品，或是有斋浦尔特色的工艺品；Siredeori Bazaar是有钱人愿意光顾的地方，这是珠宝首饰的集散地，各种金饰、银饰和各种耀眼的珐琅饰品应有尽有，还没尽兴的

话咱们继续逛。Kishanpol Bazaar是纺织品市集，在这你能消费的主要是各种扎染制品；这里再教大家一个新词——Jootis，这是一种拉贾斯坦特色的传统绣花尖头皮鞋，色彩搭配非常多，也很耐用，绝对适合潮人入手！

对于斋浦尔这座城市来说，让我最期待的还是传说中的风宫。从城市宫殿出来步行15分钟，终于在众多巴扎的街口看到了一面布满了脚手架的粉墙，我知道这就是风宫，可惜外观正在维护中，虽然有不小的遗憾，但旅行就是这样。

风之宫殿简称风宫，它建于18世纪，是斋浦尔最有特色的地标性建筑。风宫的设计极其巧妙，就好像一片巨大的蜂巢一样拔地而起，雕刻精良的墙面甚至有点儿让人晕眩。据说风宫上有953个窗子，墙壁上开的窗户使宫殿内任何地方都有风吹入。如果有狂风来袭，只需把窗户打开，大风就会吹过前后窗户而不会把宫殿吹倒。

作为这样一款建筑史上的杰作，风宫到底是干啥的？据说这座宫殿当时就是给皇宫的妃子们俯瞰街景、观看盛典用的，每个窗子上的格子极为细碎，所以她们在看到街景的同时又不会被外面的人看到。

古典建筑的精妙令现代的人们也惊叹，有时候我就在想，是古人太聪明，还是我们变傻了呢？

此时的风宫就好像是一个涂满了面膜的美女，虽然下面有着娇媚的面容，但也没有必要去浪费你的快门，不如继续今天的最后一站——琥珀堡。从风宫如何前去琥珀堡又成了问题，没有包车不方便，坐出租车价钱太贵，干脆坐TUKTUK吧，算了吧，颠不死你！还好抠总关键能力了

得，伸手一指为我们点明了前行的方向，坐公交！

我很荣幸能够和当地人如此近距离地打成一片。上车之后竟然还有座位，我们坐的是一辆轴距极短的小型公交车，实际的长度我想还不如十几个座位的依维柯。由于风宫是这趟车的终点站，所以卖票的小伙子一直站在车门前吆喝，争取多上一些人再走，车上的司机也是非常配合，间歇性地把车子向前挪动一下，表现出要出发的态势。至于怎么操作的我们也不明白，不过我想这些都是全球通用的吧，就好像北京的长途车站一般：风宫、琥珀堡……5卢比一位马上发车啊，里面有大座。

重复N遍之后总算出发了，第一次在车里看到当地人是怎样下车的，果然和传说中的一样，人该怎么下就怎么下，车子始终没有停下来过，只是象征性地把速度减慢。大概开了40分钟，终于到了目的地，每人5卢比的价格让我们在国外也体会到了发展公共交通的必要性，司机师傅非常仗义地把车停稳等我们下来，因为人家知道外国人没他们那种能力。

跟这么多天看到的其他城堡比起来，琥珀堡还算是个有点意思的地方。堡内大大小小的房间无数，各种通道走廊也如蛛网一般交织在一起，相传只有当时的主人才可以拥有城堡内的地图，否则的话真是进去容易出去难啊。

看完了城堡已经下午5点钟，是时候回去了。不过由于回城不是终点站，所以来了两辆破旧版公交始终没能上去，主要还是有心理阴影，怕和这么多印度兄弟挤在一起无法坚持到城里。正当众人踌躇之时，远处开过来一辆如北京8字头公交车样式的大巴，一问价格每人只要7卢比就可以回风宫，真是喜出望外，最关键的是车上不仅干净还有空座。看来只要时间尚可，以后来的朋友大可不必着急去省那2卢比了。

公交车很快地飙下山路，回到城中步行在M.I.大街，这是一条很整洁的新路，两侧都是一些新装修的小铺子，有一些现代服装和不少精品店，玩具木偶和彩色大象是这里卖得较多的东西，到此时话题是不是又该说点儿吃的了。

逮住机会 好好吃肉

在印度，并不是所有的城市都有肉吃，对于当年我这样馋肉的人来说那简直就是噩梦一般，玩一天累死累活的没肉吃该是怎样失落的心情！

而斋浦尔是肉食动物的好去处，这儿有不少的好饭馆，都是可以大口吃肉的铺子。Handi是当地一家很出名的烧烤店，烧烤做法也是斋浦尔的特色之一，你翻翻旅游书上的推荐，一水儿都是泥炉烧烤店。在这里烧烤的种类基本上是羊肉和鸡肉，综合下来用两个字就可以概括——暴力。

其实每个国家都有撸串儿的精髓，咱北京的串儿讲究的是腌制、火候和肥瘦相间，甭管是肉筋肉串还是烤板筋，大小长短穿得那是整齐划一；马来西亚，那也是专门出沙爹（意为烤肉串）的地方，每一串都小小的，精致、嫩滑、味甜；印度的沙爹我看称得上是杀爹了，先说说量，也是按串儿卖的，一个大铁签子，类似我们小时候玩滚铁环那种，十来块肉，每块都跟大石头子似的，感觉没点儿臂力的小女孩都举不起来。再说烤鸡腿，一个串儿上穿俩大鸡腿，都是连着半拉身子那种，比烤串是只重不轻。我就心想，这得多少年没吃肉才敢下这么一趟馆子啊。

再说说调料，这儿的烧烤师傅下手也真够狠，不管你点的是什么串儿，拿上来都是一样的，通红一片，各种胡椒粉和辣椒面跟不要钱似的铺满肉串。

最后得说说味道了，我们点的是羊肉和鸡肉，好消息是吃到嘴里都一个味，坏消息是这味道既不像羊肉也不像鸡肉。

我只能说，这里的烧烤我不懂……

离开了伤心烧烤，我们必须找个地方平复一下心情，在此推荐Lassiwala，这是一家大名鼎鼎的印度奶昔店。印度奶昔和我们平时在麦当劳里吃到的完全是两码事，我们在国内接触到的奶昔往往是奶油、香草精和碎冰，或者直接用冰淇淋搅拌做成，喝进肚子里会让人觉得特别甜腻。而印度奶昔我理解就是印度的酸奶，是用最新鲜的自制酸奶或者乳酪加水调制成的，34卢比一大杯保证让你赞不绝口，很难想象看起来这么破的一个铺子能做出来这么香滑美味的Lassi。

店里用的杯子也很有意思，有点像我们在火车上喝奶茶用到的土陶制品，只不过更厚更大，喝完了也可以放心地往地上一扔，回归自然是它最好的去处。

或许是因为生意太火，这家小店的Lassi下午4点基本上就已经售罄了，如果你发现很晚了还有的卖，那一定是山寨的店家，请认准两个标识，一个是"Shop 312"的门牌号，一个是"Since 1944"的招牌，准错不了。

音乐、古堡与鸡蛋灌饼

　　离开了粉城，来到了蓝城，又是一番别样的景色。蓝色之城是人们赋予焦特布尔的名字，是因为有着大量粉饰成蓝色的房子，清新雅致，独具韵味。在焦特布尔山上屹立着梅兰加尔古堡（Mehrangarh Fort），古堡之下便是由蓝色的婆罗门房屋构成的焦特布尔旧城区。

　　蓝城的街道蜿蜒曲折，一派中世纪风格，站在酒店的屋顶上向下望去满眼都是蓝白相间的建筑，若是远处有海，仿佛到了希腊的圣托里尼。

　　蓝城更像是一座旅游城市，小街道里尽是特色商店，就连火车站也讲究好多，不仅比其他城市整洁，设施也更现代化，如果等车晚点这里还有安静的网吧可以使用。

　　斋浦尔乌曼马哈尔酒店的老板热情地给我们介绍了焦特布尔的住所，不仅详细地说明了酒店的位置，还给我们写了封介绍信，让这边的兄弟给打个好折扣，不过

可惜当时只剩下一间客房，无奈我们只好转投他家。

也正因为如此，让我们找到了YOGI，一家更有特色的经济型旅店，从餐厅到客房，一应俱全，要上网要按摩也都不在话下，最棒的是全部是蓝色。

我把蓝城比喻为音乐之城，因为每个TUKTUK司机都跟DJ似的。放好行李，随便找了一辆TUKTUK，谈好价钱前往梅兰加尔。

还记得前面提到的在焦特布尔乘坐TUKTUK的经历吗？在这里，TUKTUK司机几乎用同一个动作和语气回过头来，只说了一个词：Music？我们再次本能地说了一句：Yes。

动次打次的声音再次传来，历史惊人地重演，小伙子跟着节奏晃着肩膀点头哈腰地就上路了。

梅兰加尔古堡规模之宏大超过了一路上见过的所有建筑，而我们即将游览的也只是其冰山一角，但也是最精彩的一部分。

在这个城堡的门口，第一次让人感觉到这是一座真正的旅游城市，一排排多语言导游翻译机可以免费使用，虽然还不是最先进的设备，但是能在印度听到中文解说真的是一件值得高兴的事情（别指望你的英文水平，印度人的英语发音不住上十天半个月的完全无法适应）。

梅兰加尔和焦特布尔山完全是融为一体的，感觉坚不可摧，光是城垛就有36米之高。在城堡最早的大门上可以看到很多铁刺，这是用来抵御当时敌方大象进攻用的。在大门的里面，还可以发现很多手印，就像洛杉矶星光大道上的手印一样，而这其实是自我献祭的标记。王公丈夫死去之后，王室的遗孀都要自己投身到丧葬的火堆之中，想想看真是残忍。1843年，王公曼·辛格的遗孀们在这里实施了最后一次献祭。

在焦特布尔的任何一个角落你都可以看到位于镇子中心的一座钟楼，到了晚上还会阶段性地变换颜色，2007年那会能定位的手机还不常见，但是凭借着这样的地标建筑很容易就能找到自己所在的方位。

钟楼所在的中心位置有贯穿南北的两个城门，在市场的北门外会有两家做Omelette（翻译过来就是鸡蛋灌饼）的小摊，号称也是上了《孤独星球》推荐的地方，这么破旧平常都能上推荐令人难以置信，这也反映出焦特布尔真是没什么可推荐的了。其中一家叫Omelette Shop，另一家叫Vicky Chouhan Omelettes，看来也是同城食物大战的架势，到底该吃哪家？

你们知道吗，蓝城是个完全不吃肉的地方，任何饭馆都没有肉吃，所以我本着肉不够蛋来凑的吃货精神，绝不放过任何能吃到鸡蛋的机会。

我的选择就是：药药！切克闹！鸡蛋灌饼来两套，你一套我一套，吃完发现还想要！

换新衣 准备滚回家

这是在印度的最后一天，无比兴奋之下反倒生出了一丝眷恋，在留恋什么？说不清楚。今天出站的地方是老德里火车站，一路上众人就在猜测，新德里火车站尚且是那副模样，这老德里的车站得是什么样儿啊。可没想到的是，老德里车站不仅设施齐全，站内也算整洁，外面的广场更是气派，让人生出几分好感。

因为提前就做好了计划，今天到了车站直接上了辆TUKTUK就赶到了康诺特广场，准备在麦当劳吃个早饭，然后去南面的莲花寺逛逛。可没想到的是麦当劳这样的快餐也已入乡随俗，八点半，服务员还在擦玻璃，一问之下才知道想吃早餐9点半再来！还好，快餐不止这一家，不远处KFC老爷爷在向我们招手，谁曾想来到门前差点把鼻子气歪，上写，营业时间：AM11:00—PM11:00。

无奈之下重返麦当劳，这一折腾没有了再去观光游览的心情，临时决定找几家大商场看看，也顺便和康诺特的专卖店作个比较，可从市中心怎么去成了最棘手的问题。

还好身边的印度朋友都很热情，一下子给出了好几条路线，用到的交通工具就是最新的轻轨。

在康诺特广场就有好几个轻轨出入口，这里的安检制度也十分严格，不仅不能照相，连乘车都需要搜身搜包，还好乘坐的人不是很多，否则一定又要排起长龙了。德里的列车非常舒服，空调强劲，座椅地面都很干净，车门上方有印度和英文的不同站台标识，和当时北京的1号线2号线比起来还先进不少呢。

坐轻轨算得上是一种享受，一会儿的工夫就来到了城外很远的购物中心，我只有一个任务，就是买一件T恤。因为提前退房加上坐火车过夜的缘故，将近两天没有洗澡换衣裳了，之前的衣服已经到了恒河级别，所以不得不买一件新的换上。

凌晨3点的返程飞机，新德里机场的候机室除了座位和厕所什么都没有，没有免税店，没有吸烟室，你能做的就是老老实实地傻等。

等待中回忆着这10天经历的点点滴滴，再次得出那经久不衰的结论：祖国真好，我爱北京。

越（ ）越（ ），
请造句

为啥去
WHY TO GO

在印度章节里我说得解释为啥还去，那在越南章节里这问题就更复杂了，我得解释为啥总去，估计大家看到这本书的时候我已经去过越南10次了，这些年来有时候一年一次，有时候一年两次。

我很多没去过越南的同事和朋友都表示不解，至于要去10次还不嫌够吗！经过他们柯南般严密的分析与判断，断定我在越南金屋藏娇，隔三岔五得回去看看。

实际上呢？还得从2005年的那个遥远的国庆节说起，那会我刚刚打算出去旅游（还只能叫旅游，不敢叫旅行），之前跟团玩过一次新马泰，就一次便已伤。上车睡觉下车尿尿也就算了，各种逛店、各种中餐四菜一汤、各种强制消费和各种素质低下的团友，让我等有志青年忍无可忍，从此发誓绝不跟团！

不跟团就得自己勇敢地迈出第一步，从那时的收入条件上看，唯有越南最简单、最便宜，特别适合十年前囊中羞涩的我，从那时起我便踏上了自助游这条漫漫不归路，永远戴上了背包客这顶沉重的大帽子……

第四章 越南

■ 越（ ）越（ ），请造句

对我来说越南就像启蒙老师一样，在这里我学会了各种自助游中的技巧，吃到了旅行中应该品味的异国美食，体会到了不同地域的文化差异……同时它也影响着我身边的所有朋友，因为我三天两头地鼓吹，无数人步我后尘。

第一次为啥去？理由就是这么简单，便宜、好吃、对胃口；第二次为啥去？好吃，没吃够；第三次为啥还去？好吃，还没吃够……此理由自动形成死循环，无解。

以至于到了最后，要么是自己去吃，要么是陪人去吃。越南对我来说，是个可以忽视景点的地方，唯有吃是最重要的。

咋玩的
HOW TO PLAY

妹妹你大胆地往前走

在我心中对越南美食的描述已如滔滔江水蓄势待发，但作为一本旅游书我还是得先说说越南需要玩玩看看的东西。

初到越南，除了温度上的变化，最大的感受毫无疑问就是交通了，越南是摩托车大国，虽然这几年眼看着汽车、豪华车的数量渐多，但和摩托车的数量仍然无法相比。越南的摩托车多以弯梁和踏板为主，弯梁车型轻巧灵活、通过性好；踏板车的载货能力不俗，驾驶起来也更舒服一些。

摩托车的好处是显而易见的，骑起来方便、速度快，相对来说效率就变得很高；停车就更不用说了，一辆汽车的地方可以放得下六七台摩托车，所以你别看越南街头的摩托车多得像蝗虫一样，但从来都不会堵车，而且大家对交通规则的遵守也非常注意，在城里这么纷乱嘈杂的环境下也很难看到交通事故的发生。

早几年的时候，很多人还不怎么戴头盔，现在越南政府管制得比较严格，这已成了必须采取的安全措施，只不过戴头盔这件事对越南人来说还是形式大于意义，很多人所谓的头盔就只是一个塑料壳子，真的摔在地上未必能起什么保护作用。

好在越南人对摩托车的驾驭似乎有着天然的能力，在这儿的街头，你可以看到小孩在骑摩托车，老人也骑摩托车，就连孕妇都把摩托车驾驭得虎虎生风。在马路上，看到一两个人骑在一台摩托车上很平常，三四个人骑一台车也是常有的事。

在河内和胡志明市这样的大城市的街头，每次绿灯亮起的时候，几百台摩托车鱼贯而出，有种万马奔腾的架势。作为外国人来到越南的第一件事，就是学会过马路。我记得小时候学的交通规则是一慢二看三通过，这招在越南完全无法适用。你要做的就是什么都不看，径直往前走，把躲车这么要命的事情交给当地人，他们会根据你的步速合理地绕过去，只要别突然停下来，保准没事。

还不会骑摩托车吗？人生不完整

走过了前面几个国家，我们大多是开车玩，到了越南，我想必须开启最亲近自然的两轮模式了。

从我第一次来越南就喜欢上摩托车骑行，那会我还是无照驾驶，不过好在也没人管。现在一些租车的地方会要求得严格一些，不仅要押护照，有时候还要求有摩托车驾驶执照，也就是我们国内的D本。

不过骑车这档子事还得量力而行，一点经验都没有的人还是小心为妙。前文中提到的马老师就属于身手一般的类型，在泰国摔过车，在菲律宾上过树，现在看见摩托车腿都发软。

我觉得越南人是特别执着的那种类型，不像泰国、印度、斯里兰卡这些地方，为了载客拉货，为了生计，允许TUKTUK这样的品种出现，而在越南唯有两轮才是王道！

如果你去趟越南当地的书店，就可以买到专门街拍摩托车的画册，里面几百页的图片，拍的都是路上的神骑手。我们经常在网上看到那些一台摩托车拉着十几口猪、或者二十来箱水果，或者七八条大槽钢，或者三四扇玻璃门的场景，在越南街头比比皆是，以至于我后来去越南特别热衷于拍摩托车，每次都要花大半天的时间去捕捉这些

■越（　）越（　），请造句

街头巷尾的生活元素。

记得有一次我从北京飞到胡志明市，发现行李在转机的时候落在了香港，第二天机场送行李来酒店的人便骑了一台年头极老的本田幼兽，兄弟右手扶把侧着身，左手按着后座上摞起来晚到的一共五个大箱子，挨个酒店送货，就一个字——稳。

说到越南的摩托车，这对于中国企业来说无疑又是一部心酸史。十年前吧，当我去越南的时候，经常可以看到中国制造的摩托车，等过几年再看，所有的越南人把车都换成日本制造的品牌了，中国车几乎可以用销声匿迹来形容。随着越南人这些年越来越有钱，意大利品牌也卖得越来越好，就连Vespa和Harley Davidson这样的高端摩托车也开始流行起来。

在越南租一台摩托车非常便宜，一天下来也就人民币三五十块钱，而油钱更是可以忽略不计，这就是租摩托车的好处。通常租来的摩托车是油箱见底的，所以需要到附近的加油站加油，如果是一般的125CC，2个油就足够一天在市区和近郊的骑行了。

摩托车除了租，也可以买一台来玩，这更适合长途骑行的选择，在很多二手车行和修车铺我们就可以方便地买到价格合适的二手车，如果怕没保证也可以在河内以及胡志明市外国人聚集的地方转转，这两个城市的南北两头基本都是骑行的终点，很多骑行的摩友会在这儿出手刚刚用过的摩托车，对车况也能有个更好地交流，至于价钱应该是四五百美元就可以搞定。

越南的二手摩托车买卖简单易行，一手交钱一手交货，只要有车辆的行驶证就没有问题。对驾驶员来说，遵纪守法，时时刻刻戴好你的头盔，一般警察不会找你的麻烦。

不过在2008年的时候，越南卫生部提议胸围小于72厘米的民众属于不健康，不能核发这些人的机车牌照。消息传出，引发越南民众抗议，尤其是胸小的妹妹认为政府无聊透顶，会让越南成为国际笑柄。

不知道现在的情况咋样了，反正我是没看到用皮尺量胸围的警察叔叔，但据说有垫胸罩将成为最畅销的产品。

越南越美 那北边还玩不玩

对我这样一个去过将近10次越南的人来说，河内这么重要的城市竟然只在第一次玩的时候去过，按说这是不合理的，但也只怪南部的城市太好玩又集中。以顺化为界，往南有岘港、会安、芽庄、美奈、胡志明市、富国岛；往北有河内，然后就没了……

好吧，顶多再加一个下龙湾。

所以对于河内来说，我觉得第一次来越南的人还是有必要走一个全境的，是不是好玩、性价比够不够高自己心里有数就好。

提问：越南首都是哪里？

回答：胡志明市呗！

嗯，我也是觉得胡志明市最好玩，但首都呢，真的是河内才对。河内和胡志明市发展的轨迹不太相同，这就好比北京与上海或是北京与广州的区别。在河内我们可以更深刻地感受到源自越南本身的文化气息，以及和中国千丝万缕的关联。

河内的老城区很有皇城根儿的风范，街道平坦、绿树成荫，看着还剑湖旁打太极的老人和石凳上下棋的棋友，恍惚间回到了小时候的光阴，这一天行程也从这开始算起。

其实单单一汪湖水也并没有太多看点，倒是关于此处的传说有点意思。很久很久以前，黎朝太祖——黎利，在蓝山起义之前得到一个剑身，上刻"顺天"二字，后来又捡到一把剑柄，黎利用这把拼在一起的宝剑打败不少敌军，后来成为皇帝，建立了黎朝。10年后，黎太祖在绿水湖上游船时一只金龟浮出水面，向黎太祖说："敌军已被打败，请皇上还我宝剑。"话一说完，黎太祖腰部的宝剑突然摇动，掉到金龟嘴里，金龟含着宝剑往湖底潜去，因此之后湖名改为还剑湖。

还剑湖的旁边就是河内老城的商业区了，据说河内的商业区已经有1000多年的历史，13世纪的时候河内建立了一个36行会，每一种行业占一条街道，这就是著名的三十六行街。完全不用怕找不到，什么时候你发现这一条街上卖的东西都一样，那就说明找对地方了。

三十六行街的街名也挺有意思，所有街名上都有"Hang"的字样，就是中文"行业"的意思，走在三十六行街的巷子里，能够身临其境地感受到当年这里的欣欣向荣。对于游客来说没有太多东西值得掏腰包，五金一条街、水暖一条街用不上，珠宝一条街怕被骗，草药、乐器、山寨太阳镜更是没必要在这里消费，倒是花圈棺材货真价实……呃，那什么，听说河内的米粉也不错是吧。

作为整个越南的政治、文化中心，河内的官气很重，各种革命博物馆、历史博物馆、军事博物馆、民族博物馆、美术博物馆，以及和胡志明本人有关的建筑比比皆是。如果对这些实在提不起兴趣，那还不如去看看越南北部的传统艺术——水上木偶。

这是我第一次看木偶表演，木偶和操控者的表演都是在水中完成。水上木偶是以前在水稻田里干活的农民发明

的，估计也是当年自娱自乐的一种艺术形式。作为当地比较有特色的一个节目，不容错过。

水上木偶自然离不开两样东西：水和木偶。先说说木偶，是用防水的无花果树木做成的，每一只木偶都形态各异，有人型有动物，光是重量就达到30斤，虽然它们可以浮在水面上来操作，但难度之大也可想而知了。

水更是重要道具，我们观看表演的大舞台竟然是一个巨大的水池，所有操作木偶的演员都泡在齐腰深的凉水中，一场表演需要十几个人同时配合，据说每个人都需要经过3年时间的学习才够登台的标准，而所学的技巧也都是绝对保密的。

除了木偶本身精湛的表现，现场乐队也把气氛烘托到了高潮，一个个神话故事被演绎得惟妙惟肖，有些段落甚至还有烟火效果，木偶的出现和消失更是神乎其神，直到戏剧完成演员谢幕的时候，你才能一探后台的究竟。

河内看起来并不像胡志明市那么光鲜，但却有自己的迷人之处，等我下一次来一定要故地重游。

看在故宫的面子上去趟顺化

顺化是个分界线，顺化以北实在没什么好玩之地，即便是顺化，除了皇宫也没有太多地方可去。

顺化是越南的最后一个王朝——阮王朝的都城，说起顺化乃至越南和中国的渊源，那真又是一个久远的故事。从公元前218年开始，秦始皇就南平百越，派大将屠睢率军侵入瓯貉北部，拉开了中越交战的序幕，这之后几百上千年来就这么一直打打杀杀。

在越南史书的字里行间，我们能够感受到一个弱小民族对占领军的刻骨仇恨，越南人列举了明朝的三大罪状：

甲.变我国为中国的一个省，取消越南国家，为了实现这一阴谋，实行血腥镇压。

乙.搜括钱财、掠夺土地，同时把我国变为一个作为与东南亚和欧洲各国船舶往来通商的根据地。

丙.破坏我国民族文化的遗迹，并且强迫我国人民要仿效中国的风俗习惯。

明朝在越南照搬了中国的里

甲制度，每110户为一里，每里分11甲，凡人丁、土地必须登记造册，呈报明朝政府，每十年另造新册，每丁必须随身携带称为"户贴"的身份证，对未携带户贴出行的越南人，明朝占领军一律格杀勿论。

历史固然重要，但现在的和平生活才是所有人希望的。顺化是一个很安静的地方，和任何一个纷乱嘈杂的越南城市都不一样，它有点像午后的北京城，节奏会放慢半拍，人也显得慵懒许多。

顺化以香江为界分成了新旧两个城区，北岸是老城区，也是皇宫所在的地方，而顺化几乎所有的景观都集中在皇城之内。

如果你翻看有关顺化的旅游书，就能深深地体会到中华文明在这里的影响，午门、紫禁城、太和殿、御书房、内务府，甚至是城外的报国寺，没有一样是你在北京没见过的。

然而现在的皇城之内杂草丛生，大片的地皮是空旷的，这并不是越南人当时不讲究，而是在越战的时候惨遭摧毁。1968年，北越攻入顺化，不久又被美军和南越部队夺回，在皇宫展开一场残酷的拉锯战，美军将8000枚炮弹投撒在这个城市中，很多宫廷建筑在战火中被摧毁了。

顺化是一个很受伤的城市，会让你想去好好地爱护它。漫步在这里的街头，你能感受到大家对现在这份平静生活的珍惜。城门远处，身穿白色奥黛的越南女子踩着脚踏车缓缓经过，轻轻的笑声遗落在游人的耳畔，这便是顺化最美的风景了。

越（　）越（　），请造句

怕热吗？避暑山庄走一趟

越南这种热死人的地方也能避暑？那就得是大叻（Dalat）了。首先要说的是"叻"的发音，有人叫这da lei，其实在这一点都不累，人家叫da le（四声）好不好。大叻是个超精致又很有个性的城市，对中国的游客来说认知度还不是很高，所以以来这儿旅游的人也不是很多。

大叻属于越南的西南地区，是个不折不扣的山城，山间蜿蜒曲折的公路和远处的咖啡种植园勾勒出一派恬静的山间风貌。

大叻的海拔有1500多米，常年气温在20多度，20多度对于越南人什么概念？那真是冻死个人的节奏，在大叻当你还穿着背心短裤享受清凉的时候，当地人棉大衣、皮夹克就都已经里三层外三层地裹上了，越南人通常都是赤脚配凉拖出行，唯有在大叻你能买得到袜子，现在想起来也觉得有意思。

那年"五一"从北京过去确实觉得有些凉意，飞机降落的机场几乎头顶着云彩，仿佛一伸手就可以撕下一片来。地方小东西就小，机场里什么东西都是迷你版的，小小的工作车、小小的悬梯和小小的传送带，乍一看就好像到了《汽车总动员》里面一样可爱。

进入大叻市区，纵横交错的街道一下子就会让人乱了手脚，不过还是建议租上一辆摩托车，骑行两圈便基本可以找到大致的方位了。

大叻除了旅游，它的种植业也是整个城市资产来源的主要途径，这里的咖啡会被卖到越南其他的大城市，甚至出口，所以在这可要好好地享受廉价的美味。

大叻的咖啡馆远远多过北京的茶馆，有小资一些的也有草根一些的，前者当然是老外去得多，花样多也更精致；后者则多是些本地人，远远看去，凡是门口密密麻麻地停满了摩托车的一准就是这种咖啡馆，4000越南盾一杯的滴漏咖啡，边喝边看报纸边消磨着这慵懒的时光，爽且自在。

春香湖算是大叻城内比较著名的自然景观了，因为位

居市中心位置，即便在这里只住两天也要前前后后经过很多次。从湖畔的南侧可以沿着林间小路一直上去，因为当年的殖民关系，在这儿会有大量的法式风格建筑，教堂酒店风格皆是如此，甚至还有一座迷你的巴黎铁塔，都是照相取景的极佳场所。

不过可别一直在城里转悠，出了城还有保大行宫和疯狂的房子。

保大行宫是越南末代皇帝保大避暑的地方，行宫周围是美丽的园林，虽然外表并不起眼，但内部装饰在当时还算奢华，综合看来距离我的"行宫"还差得远呢。不过疯狂的房子（Crazy House）还是够来劲的，它的前身是一栋法式别墅，设计师Dang Viet Nga是前越南共和国总统Truong Chinh的女儿，经她设计变成了现在的样子。疯狂的房子不仅是当地的旅游景点，也是一家旅馆。因其设计的作品非常怪异而闻名，慕名而来的人大多为参观的游客，现在倒是住店的少，拍照的多了。

疯狂的房子的主体好似一个丑陋的大树根，七七八八地长出来很多分杈，相互之间靠狭长的楼梯相连，里面的房子也是大大小小、奇形怪状。有的是动物主题，房子里面有老鹰、老虎、狗熊什么的；还有一些是植物主题，屋里竖节大竹子或者立个大葫芦。不管怎么说，无论是形态还是创意都很疯狂！但坦白地说，疯狂的房子怪得有点过分，绝对属于在这拍恐怖片不用找道具的类型。

大叻的天气真是说变就变，暴雨晴天往往就是转瞬之间的事情。正好赶上下雨，只好躲在一家自行车速降的户外运动店里避雨，老板非常友善，和我们聊天又邀我一起

■ 越（　）越（　），请造句

打《帝国时代》（一下子就暴露年龄了），最后看雨实在没有停下来的意思，还帮我们打电话叫出租车，若不是已经安排了第二天的行程，一定会再来这里。

其实对于真正爱玩的人来说，大叻是个绝佳的选择。温和湿润的气候让这里成为一个有山有水有河流的地方，非常适合各类的探险活动，还有一些诸如森林远足、峡谷漂流和登山的项目可以选择。

　　而两轮世界的活动半径就更大了，在大叻最酷的就是和"逍遥骑士"一起驾驶摩托车深入少有人涉足的地域。行程中所用到的摩托车和日常租赁的代步车完全不一样，基本都是经过改装的经典明斯克摩托和乌拉尔的挎子。

　　一说起车我就有点话痨，明斯克是苏联的品牌，当年工厂创建时的设备、工具，甚至厂房的砖头都是第二次世界大战结束后从德国迁运过来的。在德国人的帮助下，1947年年底明斯克开始生产第一批自行车，1951年开始生产摩托车，在越南的明斯克摩托也都是很有年头的老车。

　　至于乌拉尔的挎子那就更传奇了，乌拉尔在挎迷群体中可谓无人不知无人不晓，它从硝烟弥漫的战争时代诞生，在苏联本土战场上，乌拉尔摩托车总是出现在战火最为激烈的地方，它的坚实耐用、灵活机动注定了它要成为不朽的功臣。对于国内的很多车迷来说，它是长江750的原型车，就像神车一样在心目中存在着，但很少有人看到过一辆真正的乌拉尔，而在越南，我们能做到的就是——骑着它去冒险！

　　在越南北部的一些城市都会有类似这样的摩托车自驾高端行程，如果还想玩得再深入一些，甚至可以参加每年在越南举办的印度支那拉力赛，这是东南亚最大的年度慈善摩托车赛事。赛事40%的费用会捐赠给蓝龙儿童基金会，9天的行程中需要从河内抵达会安，在这里可以还原一个更加不一样的越南给你，那还在等什么？

　　记住，这时候你骑的已经不再是摩托车，而是倒流的时光和本不属于你的那一份记忆。

永远在过节的越南人

咱们来说点儿高兴的事，聊聊全球都感兴趣的过节放假话题！

越南对我来说比我从中关村开着导航去趟平谷、怀柔都觉得简单，吃得习惯、住得踏实，连每条路怎么走都门儿清。每次奔越南的时候，城市里总是张灯结彩的，前两次还觉得自己运气真好，老赶上人家过节。后来才发现是人家越南人民活得舒服自在，擅于自己找乐子。除了国际上的传统节日必须庆祝外，胡志明诞辰多少周年，国庆多少周年，甭管大小节日都得庆祝一番。有一年去西贡的时候赶上边城市场周年庆，当地人们也愣是给办了场秀，又是唱歌跳舞又是舞狮子，真是热闹非凡，想想看我们怎么着也不可能把天意小商品批发市场变成一种文化吧。

由于受中国文化的影响，越南很多传统节日和中国的节日基本相同。农历八月十五是中国的中秋节，那自然也是越南的中秋节了。

中秋节这一天人们都要吃月饼以示"团圆"，这在中国算是最平常的习俗了，不过在越南，中秋节过得跟"六一"儿童节似的，正巧在大叻的时候被我赶上了。市场上除了月饼，各式各样的儿童玩具、零食应有尽有，大街上也是全家出动，一辆摩托车载着三四个人开始游街。在大

叻游街的队伍从春香湖开始绕到了大街小巷，熙熙攘攘的人群中有的抬着花灯有的舞着狮子好不热闹。

大叻的晚上好玩的不多，但是好吃的好喝的可任由选择。夜晚可去春香湖边上捕捉夜景，白天看起来湖水有些浑浊，但是晚上有了岸边灯火的点缀又是一番景象了。

大叻虽然很小，可是能看的风景却一点都不少。郊区的花房、种植园的咖啡、酿酒工坊、纺纱厂、达坦拉瀑布（Datanla Falls）、保大行宫、疯狂的房子，也可以体验老火车，游览灵山寺，就看自己的时间安排了。

　　出城不远处就可以看到道路两旁的很多花房，种植业是当地的主要经济来源，这里的鲜花和咖啡都会销售到其他城市或者周边国家，如果要买越南咖啡，在这里买应该算是最便宜实惠的了。除此之外城里的两家酿酒厂也非常出名，其中的Ladofoods在大叻市中心就有专营店，主要卖红白葡萄酒，不过更有特色的是他们用本地特产水果酿造的果子酒，有桃子、草莓、苹果等不同的口味，每瓶是45000越南盾，合人民币20多元。因为太过沉重，所以只带了一瓶回来，没想到味道极好，现在想想还有些后悔呢。

　　蚕丝工坊也是不错的地方，虽然接受游客的参观，但它还是一个以生产为主的劳动场所，很多工人在这里辛勤地劳作，而且几乎都是女性。

　　一进工厂大门首先可以看到大片摆放着的蚕茧，工人会把这些蚕茧放进水里进行煮茧的工作，当蚕茧软化之后就可以利用我们电视中经常看到的机器进行抽丝了。作坊里的纺织机非常古老，对于这种专业的机器我并不了解，但是从样式上可以看出年代的痕迹，应该是一种很陈旧而且效率低下的设备，但就是这种原始的味道，才更能吸引我们的眼球。

　　攀谈之中我们了解到，当地这样的女工一个月可以拿到100美元左右的工资，在越南来说应该是不错的收入了。

　　清晨的一丝凉意早就被大太阳赶走了，来到达坦拉瀑布的顶上，正好看见一对新人拍婚纱外景，男孩有些腼腆，女孩活泼大方，作为游客我们也很高兴被他们邀请一起合影，或许自己的视频也能出现在一次传统的越南婚礼上呢。

在美奈当活雷锋

美奈是个海滩城市，它在芽庄和胡志明市的中间，早几年的时候似乎没有太多人会去，不过随着旅游业的不断发展，这儿也变得越来越好。美奈本身的地理环境决定了这里不一样的玩法，为什么？因为这里有沙漠啊。

还挺难想象在越南的大海边上整出来一片沙丘的景象，不过在美奈还真能看到红沙丘和白沙丘。因为这些沙丘的存在，美奈这块地方竟然会形成自己独特的气候条件，周围的地方到了雨季都开始下大雨了，就这儿不下。

雨季来临的时候，大风也随之而来，但因为不下雨，大风和大海的完美组合竟让这里成为极限运动爱好者最喜欢的冲浪之都。从8月到年底都是适合冲浪的季节，从10月份到第二年的4月风势更猛，可玩的会更多。风筝冲浪是现在最流行的项目，满天的风筝铆足劲儿拽着海面上的人滑来滑去，特别过瘾！想要玩点儿不一样的还是得来美奈。

美奈本身特别小，从潘切往东就一条路，看见一个KM8的标志牌那就是到了，我们管这条路叫美奈大道，这一条路上有度假村、酒店、商店、餐厅，等牌子到KM20的时候，就已经什么都没有了，够短的吧。

除了海上的运动，要想玩点儿别的就得往远了走，通常我们会去看看红溪和白沙丘。坦白地说，这么个资源匮乏的

越（　）越（　），请造句

地方非要找出来几个消磨时间的景点，也真是难为人家了。但咱们东南亚人民就是爱动脑子，找块石头就能说像狮子，在美奈，找到了一条河沟就敢叫仙女泉了，这名字取得也忒漂亮了，但好像跟仙女和泉水没有丁点儿关系。

仙女泉在美奈也叫红溪，顾名思义就是红色的溪水，实际上水不是红色的，而是因为流淌在红色的沙子当中会让人觉得就像一条红色的河水。虽然总感觉有点名不副实，但这条绵延几公里长的红溪地貌还是有着足够的特点，值得一去。

红溪的玩法也很简单，蹚水逆流而上，走到尽头。红溪中的沙子极其细腻，每踩一脚都会深陷其中，一步，两步……鞋就已经找不到了。

白沙丘本身的看点并不是很多，反倒是越南人自己比较稀罕，这样的景致对他们来说也算是很罕见的。白沙丘离度假村着实不近，几十公里的路程，需要很早出发才能赶得上观看日出的景色。四驱的吉普车虽然不咋地，但仍是我唯一的选择，而披星戴月地骑摩托车前往显然是作死的做法，小路上暗藏的大坑不知道什么时候就会对你下狠手。

越是快到沙丘的时候路面就越差，我心想路边上这碎一地的摩托车壳子，人还不得摔成零件儿啊。正在我严肃地分析案情的时候，发现前边路中间正躺着一位。

下车一问已经躺了半个多钟头了，见到我们可算是盼来了一辆救命车。那我们还去什么白沙丘啊，直接让司机拉着奔医院吧。越南在我眼里虽然有各种好，医疗救护这块却不太行，出去玩一切还是要小心行事，量力而为。

司机大哥看伤员摔成这德行也是拼了，一路上把破吉普开得倍儿快，没过一会儿就到了医院。我抬头一看，两间半一平房，墙上那红十字掉得连色儿都没了，门口上防治艾滋病的张贴画随风摇曳着。幸亏摔的不是我，冲这医疗条件要再摔惨点儿直接死的心都有了。不过有总比没有强，帮着伤者简单地止血包扎之后，包车直接送城里大医院了。

在此请牢记越南的急救电话：115，没出事儿之前就当有用吧，不用谢我，因为我叫雷锋。

红灯区的私人定制

越南哪里最美，唯有会安。

会安是一座古城，就在岘港的下方，这两年岘港被包装得铜臭味十足，如果跟会安比较一番，你会发现岘港只不过是一座人工的旅游城市，或许美却不自然；而会安则孕育着最优雅的气息，保留着最完好的老建筑，以及那些挥之不去的中华记忆。

会安是越南最早的华埠，17世纪的时候就有不少从商的中国人到此落地生根，逐渐形成一个繁荣昌盛的华人社区。在会安的华人会馆非常多，以至于你在街头巷尾都不会觉得身在越南，整座会安城分为五个区，按照来自中国的不同地区划分，有福建帮、广东帮、潮州帮、海南帮和客家帮，同时也建起了福建会馆、广肇会馆、潮州会馆、琼府会馆和作为五帮会馆的中华会馆，现在这些会馆和一些古老的私宅都已经成为游览参观的项目，但不用特别地去哪一家，随缘就好。

会安曾经是越南最主要的港口，历史上主要是中国和日本的商人来，来的方法也特别随缘。春天的时候，商人们从国内坐船出发，借着季风一路顺顺当当地就南下了。在会安做完了生意不回去，因为没有风了！他们得在这里待4个月，等夏天刮南风的时候才能返乡。

直到19世纪的时候，会安因为河道淤塞，这才被岘港抢走了主要港口的位置。不过现在看来能够把当时最原始的气息保留下来也是一件很棒的事情。会安的特产是当地的灯笼，不仅形状各异，色彩也缤纷绚丽，不像国内一说到灯笼就只能想到"大红灯笼高高挂"这么一句话来形容。一到入夜时分，店家们就纷纷把自家的灯笼挂出来，会安的灯笼蒙在骨架上的都是布料，所以映射出来的光线更加浓稠深邃，和古城的情调交相辉应。白天古旧的老街立马就变得妩媚了起来，别有一番情趣。

在会安，整个城市都不吵不闹的，生活在此明显比其他地方安逸得多，无论是吃喝玩乐还是衣食住行都很有自己的特色。

会安的美食就跟这座古城一样凸显着一份闲适淡定的情怀，白玫瑰是当地的一种小吃，光听这个名字就足够美妙，其实它就是一盘虾饺。只不过这儿的虾饺比我们在南方吃到的更加精致，糯米皮晶莹剔透，里面的馅料若隐若现，白玫瑰上通常会撒着金黄酥脆的炸洋葱和翠绿爽口的香葱沫，光是卖相就已经拿了高分。

越南煎饼也是南部城市的特色小吃，和咱们国内的煎饼果子比那真是一个林黛玉一个鲁智深。在国内的煎饼是先摊出来饼再往上放东西，乱七八糟的什么都有；而越南煎饼则非常传统，先把豆芽、五花肉和鲜虾在锅里面炒熟，之后才把面浆倒进锅里，这时候所有的东西便都融合在了饼皮当中。几分钟的时间，把饼皮煎到酥脆，对折出锅，用一片片的生菜包起来蘸着特有的鱼露酱汁食用，味道鲜美可口，馋煞人也。

在越南，甚至在东南亚的很多国家，人们在对食物的创新还是传承上大多都选择了后者，这也是最值得我尊重的一种做法。无论是东京的一碗拉面还是西贡的一份米粉，都应该有属于食物本身最原始的属性在里面。而在国内放眼看去，那些蘸着美乃滋吃着煎饼，就着冰淇淋吃着老北京烤羊

肉的大老粗们，我只能说：你们完全不懂美食！

再说说越南的姑娘吧。越南女子很美，肌肤娇嫩雪白，城里的姑娘们尤其如此。奥黛是最能体现越南女子娇小柔美的传统服装，过去奥黛的颜色代表了年龄与地区，少女要穿白色的，未婚女子是柔和的粉色，已婚妇女则是深色……不过现在已经没有这么教条。奥黛的裁剪非常不讲情面，完全没有给姑娘们留一点余地，胸袖剪裁非常合身，玲珑有致的曲线一下就显现出来了，而两侧的开衩一直过腰，走路时前后两片裙摆随风飘逸既传统又性感，下半身配上一条喇叭筒的长裤，因此无论日常生活的行、走、坐、卧都很方便。

这么好的服装难道你不想拥有一套吗？马上去当地的裁缝店就可以定制，只要188一套！只要188！

在会安除了美食多，另一个"盛产"的就是裁缝，不管你想做一套奥黛，还是想做一身西装，都可以在这尽情地挑选款式，量体裁衣。

会安裁缝们剪裁的技艺自然是好的，但最为闻名遐迩的本领还得说是模仿，在时装界可能这也属于山寨行为吧……如果真是有备而来，可以带一些你喜欢的服装图片，当地的师傅们一两天就能做出来。

至于价格嘛，一身男士西装150美元上下，一件衬衫十几美元，价格还是挺给力的，而且店家们最贴心的就是：

亲，包邮。

芽庄"大宝剑" 吃饭洗澡马杀鸡

"大宝剑"绝对是特负面一词儿，但只有这样才能表达出我对芽庄这么多年来吃喝玩乐到极致的敬仰之情啊！从2005年到2015年，目睹和经历着芽庄这十年来的变化与发展，从当年6美元就能住上的空调房，到现在沿着海岸线一色的5星级大酒店；从当年纯原生态的小海滩，到现在碧水白沙的6公里大海滨，芽庄就好像18岁的美少女，出落得越来越美，越来越动人。

芽庄是全越南最开放、最能融合各国文化的城市之一，在这里你能玩到的东西超级丰富，而且完全不用考虑时间的概念，你要做的事情就是一直玩下去好了。

喜欢玩水的最简单，在芽庄既有专业的深潜项目，也有谁都能玩的四岛游。芽庄的水非常好，在它周围的71座小岛更是因海水清澈而出名。四岛游是老少皆宜的好选择，只要7美元。7美元包含的项目多得保证你一句话都念不完，早上开车接你到码头，上船到4个不同的小岛体验浮浅，中午的一顿自助餐不仅管饱味道也还不错，观看船员们用塑料桶加破吉他进行的一场当地音乐表演，把大家扔到海里坐在游泳圈上喝红酒的水上酒吧，上船之后的十几种水果自助大餐，最后妥妥地把你送上岸，10年了价格没

变过，这才真是业界良心啊。而潜水是专业活动，对季节的选择还是有要求的，2月到9月是最棒的时间，10月到12月是最糟糕的时候，海水已经很凉了，而且这会儿风还很大，单单是出海都是要人命的节奏。海里更是暗流涌动，危机四伏。有一年的岁末，我带着同事们来芽庄跨年，大家都兴奋不已，对于深潜也真是期盼已久，管他什么月份和天气，必须去！在2012年12月31日那个月黑风高又飘着点儿小雨的黎明，这些不知死活的年轻人就这么不辞而别了，玩得好不好我不是很清楚，但听他们说能活着看到2013年的日出还是很高兴的。

在芽庄不想出海也有的玩，大教堂大市场都可以好好逛一逛，不过要说有意思的还得是海岸线北边的泥巴浴。泥巴浴里面提供的都是热乎乎的矿物浴泥，浴场是按人收费的，可以选择标准型，也可以体验豪华配置。场子里的浴缸很多，情侣之间就是双人木桶，一大群人也有大池子招呼你们，换好了泳衣泳裤凭票入场，选好浴缸就可以开闸放泥了。芽庄的泥浆浴和欧美人玩的泥巴派对可有很大的不同，这里的泥浆温热而且细腻，泡完之后身体的细胞能处于一个很活跃的状态，皮肤也变得滑溜溜的。只是泡泥巴比泡温泉还要消耗体能，所以也不能时间太久，冲干净之后再转战到清水池，工作人员早就准备好了熏热的中药包，放在颈肩上简直舒服到家了，池边上摆着新鲜的瓜果和饮料，那真是衣来伸手饭来张口的富豪生活，要不是怕给泡发了，真想在这里待一天。

该说说吃了，再不说我都觉得饿了。吃在芽庄真是给了我不少的回忆，其实在越南并不是每个城市都能吃到很棒的海鲜，但芽庄可以。在我第一次来越南的时候，那会儿还不懂什么叫旅行呢，整天就知道傻走，不晓得美食是旅行中最重要的环节。再加上那会儿流行穷游，好多人比着花钱少，尤其是在越南这种地方，当时吃一碗米粉也就4块钱，有人就非得3块5吃一碗，其实人家少给了你5毛钱的面条你懂不懂；住旅馆也是，6美元带空调有热水的绝对不能住，必须找连电风扇、厕所都没有的3美元的，回头发帖子还得咬着后槽牙说一点都不热，完全不用洗澡，兄弟你痱子已经连成片了好不好！

当年老婆婆这三个字一定是和芽庄绑在一起的，那时候芽庄的海滩上没有什么人去管理，所以也确实有些脏乱，最独特的风景就是挑着担子的老婆婆。她们的担子一头是炭盆儿，炭盆上咕嘟着一大锅各式海鲜，螃蟹、龙虾、扇贝、海螺……多是我没见过的品种；另一头是锅碗瓢盆等餐具和一大桶生鲜，可以随时把锅子取下来做成BBQ（烧烤大会）的口味。老婆婆们从接近中午的时候就开始在海滩上招揽生意，招手即停随叫随到。海鲜的分量很大，以盆来计算，一盆能装下四五只巨大的螃蟹、一只个头不小的大龙虾和若干的扇贝海螺，但能不能再多装一些就看你的本事了。就这么一盆海鲜得多少钱，100000越南盾，当时的汇率越南盾比现在值钱，但也就合人民币50块。

对于螃蟹来说，我只喜欢海蟹，阳澄湖的大闸蟹虽然金贵但是肉太少，再整一个蟹八件的工具出来我就疯了，完全不能吃到过瘾。拿着这一大盆海鲜，当时真高兴得都不知道怎么吃了，海滩上的躺椅10块钱一天，租俩，开吃！越南海鲜的吃法也是我大爱的地方，不像我们在国内，需要切上姜末再配好醋汁，在越南只需要一小碟黑胡椒盐，挤上两枚青柠，用这个做蘸料一下子就把海货的鲜香给激发出来了，从那之后我只这么吃海鲜。

只是好景不长，过了几年再去的时候，海滩美了不少，但这些打着芽庄标记的老婆婆海鲜已经完全没有了。

不过还好，在芽庄我能寄托的美食绝对不止老婆婆海鲜，在此我隆重推荐芽庄大市场边上的宁和烤肉，这也是一家几十年的老店，只做一种东西，就是烤猪肉条。

这跟烤串完全是两码事，在这里会先把肉打得很细，就像《食神》里的莫文蔚一样，提前腌制成甜甜的味道，据我判断应该是加了新鲜的甘蔗汁。在烤制之前他们会把猪肉捏在一根筷子上面，猪肉也因为加了糖分变得很有黏性，烤好之后将猪肉从筷子上退下来，一刀切成两条便成了盘子里端上来的猪肉条了。

猪肉条满身金黄，散发着诱人的香味，但它并不是直接用来吃的，而是需要用当地的米纸裹上罗勒叶、生菜叶、小香葱、青芒果、黄瓜片、腌胡萝卜丝和炸米纸一起蘸着用糯米浆和红咖喱调和出来的酱料来食用。

这一口下去，你就想吧，米纸本身比较干，韧性十足，但因为蘸料的原因变得软糯，里面这么多种青菜相互争夺着在味蕾间表现，但它们的目的只有一个，就是把猪肉的香气更好地衬托出来，而炸米纸是最后出彩的环节，它让一个处在二次元的味觉平面马上变得立体起来，这真是太赞了！

我又该感慨了，做事就应该是这样的，要做就把它做到极致！

当然作为一名食客，我也是很极致的。这么一份米纸烤肉在当地2人一份，我们的吃货小分队1人2份，还只能算是个起评分。

芽庄好吃的可远不止这些，想要吃得清淡就去鸿记越南牛肉粉，汤头的味道十足却一点都不油腻，自家制作的豆奶也能帮你平衡一下越南尖辣椒的刺激；想要继续挑战大鱼大肉那必须去乐甘，这是家专门做烧烤的门脸，太传统的就不推荐了，最美味的应该是烤棒槌。我实在不知道怎么给这道菜起个好名字，因为名字完全不重要。烤棒槌的原料是猪肉馅和大虾，把这两种食材搅碎了包在切成小段的新鲜甘蔗上面，用炭火直接伺候，甘蔗里面的汁水受热蒸发直接渗到了外面裹着的肉馅里面，味道却毫无违和感，这一口下去唇齿留香，谁不吃谁就是个棒槌。

甜品也是同样不能错过的项目，芽庄大教堂边上的拉帕洛玛冰淇淋店有最好吃的焦糖冰布丁和十几种口味的自制酸奶，不过不要来得太早，店家每天下午3点才开张，东西好就是得任性点儿。

到此为止，我们的"大宝剑"项目还有一项没有完成，那就是越式按摩了，因为我怕痒所以从来没有体验过，倒是同行的队员们深爱此道，临去机场之前都不忘抓紧时间被蹂躏一番。

这是一条吃货的分割线

越南味儿

　　越南的美食，是我坚持每年都来的唯一动力。我也很庆幸自己不是个越南人，如果真是那样就不会有每次这种期待满满的感觉了。

　　越南饮食如何，可以完美地体现在酸、甜、咸、香、辣五味之上，即便是一碗最简单的街头米粉，你也可以从中清晰地辨识出这几种独特的滋味。越南的饭菜我们通常会用清淡来形容，这更多的是食材上赋予它的定位，而实际上清淡并不是无味，但遗憾的是在北京的越南餐厅往往连无味都做不到，完全是错味。

　　记得在后海的一家越南餐厅吃饭，要了一碗最考验功底的米粉，从一端上来就已经知道味道会有多糟了。越南的米粉讲究汤头的精致和米粉之间的比例平衡，咱这的米粉可真够实在，用的都是大海碗，还是加大版的，完全体现不出来应有的那种期待，反倒让人把喝汤变成了一种负担。

　　再看一下碗里面的绿色，还是错，这是最能够体现越

267

南美食香气的地方，芫荽、罗勒统统没有，仅有的一点点豆芽也用得太粗，让这一碗米粉变得更加粗陋。

品一口汤，更是大错特错，一点点该有的酸味都没有，配套的青柠更是错得离谱，我想店家可能连Lemon和Lime的区别在哪都还不知道吧。

至于米粉吃起来如何我并不知道，因为到这里已经完全没有胃口了。

吐槽归吐槽，这五味到底是怎么回事咱必须得唠唠。

酸！越南在烹饪上还是非常讲究的，这里的讲究并不是对物料要求的奢华，而是本身的来源不一样。比如我们现在要说到料理中用到的酸味，所有人都会联想到用醋，但在越南你能接触到的酸味一定都是天然的。刚才说到的这碗糟糕的米粉，100分的话看在没毒死人的份儿上可以得到10分，而因为酸味不对就至少要被扣去40分，可见酸味的使用在越南料理中有多重要。

青柠是最能提供酸味的一种水果，把青柠挤成汁水来使用便是最好的调味剂，不仅在米粉中青柠扮演着重要的角色，在很多菜品的蘸料中青柠更是功不可没。我们之前在老婆婆那里吃到

的海鲜蘸料，便是盐、黑胡椒和青柠汁混合做成的，而要是把青柠汁、鱼露、糖和辣椒、蒜末、洋葱末混合起来，就是最地道的春卷蘸料了，这绝对是有灵魂的蘸料。这可是秘方啊！

青柠的酸显得刚烈，而在一些汤品中的酸却让人感觉到包容和温暖，这便是罗望子的作用了，也就是我们常在树上看到的酸角，越南的火锅用的就是罗望子的汤底，酸酸甜甜让人欲罢不能。

甜！越南人同样喜欢甜滋滋的味道，我们吃到的烤肉肯定少不了蔗糖在炉火下的化学作用，而在饮品上越南人更是喜欢把甜发挥到极致，把甘蔗直接榨成汁喝，想想还能有什么能比这种甜水儿更有治愈效果。

咸！这种味道在越南是最有故事可以说的，你在越南人的厨房里可以找到各种瓶瓶罐罐，但唯独没有装盐的罐子，因为越南料理用的都是鱼露，当然鱼露的制作也是离不开盐的。

鱼露的制作并不难，有机会你们去越南的海鲜早市看看就会发现这里除了卖大鱼，还有很多船运来的是一大桶一大桶的小鱼，这些小鱼会被运到炎热的鱼露工厂，一层鱼、一层盐，再一层鱼一层盐地堆在巨大的罐子里，装满之后用重物压住，一年之后发酵出来的液体便是鱼露了。鱼露的味道初次闻起来腥臭无比，但当你喜欢上之后便是

最美味的调料，而且没有之一，它会让你上瘾到做什么东西都惦记着放点儿鱼露提提鲜味。从大罐子中第一次提取出来的鱼露颜色最深，味道也最浓郁，我们管这个等次的叫"特级初榨"，感觉立马就高大上了！

在越南鱼露的制作要数富国岛最出名，我曾经参观过一个鱼露工厂，那真是人未到鼻子就已经先到了，现场就可以买初榨等级的鱼露，果断拿下。可在机场飞回胡志明市的时候，没想到被扣了，原来越南的航班有明确的规定，不准托运鱼露，想想不能在安检的时候像喝饮料一样一饮而尽吧，只好忍痛放弃。

香！准确地说应该是芳香的香。在越南的食材中用到最多的就是各种香草植物，无论是一碗米粉，还是一份米皮卷猪肉条，都会搭配上四五种你叫不上名字的植物。泰国的芫荽、罗勒，还有紫苏叶和薄荷都是最常见的，只可惜这些东西在北方并不常见，虽然也可以买到，但价格略高，每到这时候我都会想起在越南快乐吃草的日子。

辣！越南人能吃辣。这里的辣椒和我们国内的品种区别不大，主要是红色的朝天椒，需要的时候就用剪刀剪一根，我最喜欢米粉汤里面放上朝天椒，这么潮热的天气里，就得把汗出透了不是吗？

胡志明市一天10顿的铁胃之旅

受我的影响，我身边的吃货也越来越多，这些吃货们要求我组个团去胡志明市集体鉴定一下天天被我说好吃的越南菜到底咋样，我自然也是欣然同意，而且更加坚定了自己的信心，一定要做好这次出行的"三陪"工作，即陪到吃好，陪到吃饱，陪到吃撑。

在确认吃哪家的问题上我竟然也犯起了天秤座的毛病，甚是纠结，但作为白羊座的我行事还是非常果断的，要不怎么叫我郭队呢，那就都去呗。

就这样，一次惨绝人寰的行程安排出炉了，这不堪回首的事件发生在2012年，主角就是那帮在芽庄出海回来连死的心都有的朋友们。

时间回到了出行前的那个夜晚，飞机上的航餐这些家伙们一顿都没有落下，吃货们的本质和实力从来都是不需要吹嘘的。从北京飞到胡志明市的飞机经由香港转机，到了胡志明市机场已经是凌晨了，打车前往范五老街的酒店，等到一切安顿好了已经接近凌晨3点。

舟车劳顿之下，我们决定先去吃一碗米粉……

第1顿：越南米粉

越南米粉叫作"pho"，我最喜欢的就是清汤的米粉，这些汤头都是每天用牛骨加很多配料、香料炖出来的，经过层层过滤才可以喝得到像清水一般的汤，虽然它们看起来清清淡淡，可实际上味道却很鲜浓。

越南的版图很长，从南到北在米粉的做法上也会有一些差异。南边的米粉辅料很多，肯定是一碗粉一盘香草，我最喜欢这种搭配，把各种香草揪成小段泡在汤里面，这东南亚特有的香气就完全没保留地窜出来了，你仿佛嗅到

273

了大自然的气息；北边的米粉会简单一些，更加原始，河内的米粉便是很好的代表；而在山区又会不一样，比如在大叻，山城的气温比较低，在米粉的制作上就会出现大块的炖牛肉，热量会比别的地方高出很多。

越南的米粉吃的是味道，而味道中最重要的还是"平衡"二字，在国内的好多馆子都会做这道传统主食。有些店以为多给肉就会开心，有些店以为多给粉就是实惠。

范五老街不管几点钟都是热闹的，虽然已是凌晨，但一碗粉下肚也已经满头大汗了，必须找点儿喝的啊，街边上最具当地特色的就是甘蔗汁了。

甘蔗汁是这么多越南饮品中最解渴的，每一杯都是现喝现榨，一根长长的甘蔗直接被压进金属的碾子里，汁水就源源不断地从下面的槽里流了出来。一根甘蔗往往会反复压榨好几次，有的店家会在榨甘蔗的同时加一颗青柠进去，那味道马上又不一样了，甘甜中带着清爽，最美的饮料不过如此。

眼看着时候不早，我一声令下：诸位兄弟姐妹赶紧洗洗睡吧，天亮之后还有9顿饭等着我们去消灭呢。

第2顿：法棍

越南的美食令我最感慨的一点就是特别不抗时候，甭管怎么吃，吃完了没俩钟头保准又饿了。一大早，吃货们准时起床了，询问之下基本都是饿醒了，那么我们就快去觅食吧。

越南的小吃不怎么分时间，比如米粉，一天24小时都可以吃到，所以很难去定义什么才是越南的早餐。不过真想有个区分的话，那么早餐可以满足几个条件：足够美味、马上可以吃、外卖起来方便，什么玩意是这样的？

法棍！

法棍学名法国棍子面包，但越南的法棍是世界上唯一的品种，它很轻、很松，完全不像你在国内见到过的法棍，在店里它还算是个面包，拿到街上就是凶器，我去银行取钱的时候从来都不敢带着法棍，怕摊上大事儿。

法棍在这里可以说就是越南的越式三明治，我们不管这面包是不是殖民主义时期的残留产物，但里面夹的这些东西那可都是地地道道越南制造。

做法棍的小摊一般都是移动的，可能就是一辆三轮车，车上有个小柜台，窗口里摆满了各种蔬菜、肉、酱和调料，柜台下面是一个一直烧着的小炭盆。有人买了法棍之后，摊主会先把面包放在炉子上烘热了，这样吃起来口感就更松脆。

加热好的面包拿在手上，用小刀一划便露出个口子，现在就得开始往里面加料了。先抹进去的是一层猪肝酱，灰儿吧唧的很不好看，但是味道极佳，是法棍中最基础的味道；接下来会放一些蔬菜，主要是以西红柿和黄瓜片为主；下面放的就是肉了。越南法棍里面的肉都是一大块一大块切成的小条，这种肉我们叫扎肉，扎肉也有很多味道，选你喜欢的就好。还没完呢，现在开始放香菜，泡菜，鱼露，有时候还会浇上一勺子肉汤；最后，用猪肉松铺在切口上。这样一个法棍，满满地全是馅料，味道的层次也很鲜明。

如果是素食主义者也没有问题，把里面的东西换成煎鸡蛋就好；若是重口味那就更容易满足了，有些小贩卖的法棍直接往里塞炸肥肠和卤下水，下手够狠的！这我就不建议当早餐了。

第3顿：白天的边城市场

边城市场是每日活动的必经之地，在我心目中它就是胡志明市的中心命脉，因为好吃的都在这儿呢！

白天的边城市场还是个市场，到了晚上就会变成超级无敌大排档，这是晚饭的事儿，我们还有5顿才能到那儿，不要着急。

说说白天去边城市场都干什么，这是个综合市场，分成了几个大块，生活用品、纪念品算是一块，这部分是最没用的，纪念品的做工也很粗糙，几乎可以直接忽略；另一块是干货和咖啡，这部分可以考虑，但对于咖啡来说不会买就是上当，还不如去当地的大商场超市；再有一块是生鲜和蔬菜，如果你不打算自己在这开火做饭那也没有必要浪费时间；那么最后一块就不能错过了，餐饮区！又是一个让人走不动道的地方。

这块餐饮区让边城市场变得生机勃勃，不光是自己的摊位上要接待食客，还得给整个市场里的店家送菜送饭，各家的伙计们端着不同的盘子和碗在人群中穿梭，飘香四溢。

在边城市场里，几乎所有的越南本土美食你都可以尝到，这其中我最钟爱春卷，无论是鲜的还是炸的，味道各有千秋。

鲜春卷的做法相对来说会复杂一点点，一张干米纸平

铺在案板上，用一块湿布快速地抹一下，就一瞬间刚才还觉得硬邦邦的米皮一下子就变成"软妹子"了，粘粘的；接下来把切碎的生菜、煮好沥干的米粉、豆芽菜和罗勒放在米纸上，像叠被子一样左右折起来；之后在米纸的一头放上两块五花肉片和一只劈成两半的大虾，用手把纸皮紧紧地卷起来，这样一只白白胖胖的鲜春卷就做好了，蘸上用花生酱调出来的酱汁，堪称完美。

　　鲜的吃得过瘾，炸的更胜一筹。炸春卷准备起来就简单多了，胡萝卜丝、芋头丝、木耳切碎，最后混合上猪肉馅，把调好的馅料揉成小段裹在炸春卷的纸皮当中，热油下锅即可。炸春卷的蘸料又是另一种做法了，白糖、青柠、鱼露混合起来，再搭配点辣椒和小洋葱末，我一人能吃十几个。

第4顿：范妮冰淇淋

　　越南极热，如果是年中的时候来，早上六七点就已经热得不行。现在虽然是圣诞节前后，但胡志明市的气温仍然不低，从边城市场出来已经一身汗了，大家第一

天到越南还需要适应，那么就找个凉快点儿的地方稍微休息一下。

于是我推荐了这家叫作范妮（Fanny）的冰淇淋店，就在黎利大道和阮惠大道交叉的小路里面，这也是一家我年年都要去的冰品店，熟悉到每一张桌子椅子，每一份冰品的造型都了然于胸。有一次一个在上海的吃货朋友也来到这里，在朋友圈秀了一张范妮的冰淇淋图片，被我一语道破出处，我食神的称号再次响彻京沪两地。

越南的冰淇淋店很多，范妮走的是小资路线，但价钱一点也不小资，而是非常便宜，甚至每个月还有一天是冰淇淋自助餐日。到了这一天一人就那么多钱，敞开肚皮随便吃，说真的我长这么大从来没有体验过吃冰淇淋吃到饱的感觉，那一定很来劲，无论是吃的时候还是吃完了以后。

范妮的冰淇淋分为造型和冰淇淋球两种，有造型的当然得一人来一个了，可冰淇淋球的口味也有好几十种，几乎无法取舍。领队的作用这时候又开始发挥了，那就全部拿下！瞬间桌子上就堆满了冰淇淋，围观的越南人民一定以为中国吃不到冰淇淋这种东西。

范妮有几款长盛不衰的品种，比如冰淇淋寿司，这么多年了一直都有。这一盘寿司端上来还真是像模像样，每一颗冰淇淋都像一片寿司，里外包裹着好几种滋味，酱油芥末的料碟换成了巧克力酱，让这一盘子"日料"都能以假乱真了。

凉快下来了我们继续出发吧，还有两顿午饭要吃。

两顿……

第5顿：西贡瓦锅饭

这是一家老牌的高档餐厅，提供的都是西贡本地的特色炒菜，有一点中餐的影子在里面，但整个餐食中的亮点反倒是最简单的米饭。

瓦锅饭是在一个瓦罐中做熟的，为了要整个的瓦罐底部的造型，取米饭就不能用铲子了，得直接把瓦罐砸碎。因此这个餐厅里特别热闹，噼里啪啦的声音此起彼伏，瓦罐砸碎了取出来的米饭会有一些干米粒儿，怎么弹下去那又是门手艺。

他们的方法很奇葩，一个伙计负责砸罐子取米饭，然后把这一坨米饭扔给远在20米之外的另一个伙计，另一个伙计需要拿一个空盘子把饭稳稳地接住，再抛向空中翻腾几次，这才算把干米粒儿抖落干净。你们现在可以想象一下，你吃着炒菜哼着歌，脑袋上米饭飞来飞去是怎样一个场景。

幸存下来的这一坨米饭香气四溢，表面上挨着瓦罐的一层已经焦黄了，在上面浇一些鱼露调制的酱汁，点缀上韭菜和芝麻，衬托出一层锅巴的焦香，就是直接吃也是极好的。

回想起来第一次来西贡瓦锅饭的时候，我用的还是D3相机，我一看这有杂技表演啊就赶紧架上机器开拍，一秒钟机关枪扫射般地十几张连拍所向披靡，小伙计一看这架势估计也有点紧张，接连三四盘大米饭都给扣地上了，真是替他的KPI（绩效评价指标）着急。

于是我突突突地继续向他开炮……

第6顿：94馆

今日的吃程已经过半，海鲜没有可就说不过去了，所以我带着大家来到了胡志明市最出名的路边苍蝇馆之一，对！就是这家94馆。

为什么叫94馆？这个问题很简单，因为他们家的门牌是94号，就这么给店起名字，这老板的心也真是够大的，而且更难得的是这么烂的名字店却特别火，所以说里面的东西肯定好吃。

94馆就做一门生意，螃蟹。有两道佳肴是你绝对不能错过的，一个是螃蟹腿，就是一盘子左右手，而且只吃大钳子；另一个就是软壳蟹，估计北方的朋友很少见到。

吃海蟹的好处就是肉多，尤其是那种大个的螃蟹，光是两只钳子里的肉就够你吃的，而这道菜也特别霸气，一盘20多个大钳子都被剥得干干净净的。接下来你要完成的任务就是，拿一个放嘴里，拿一个放嘴里，不要停，千万不要停……没过一会儿就能给吃顶了。小时候我特喜欢嗑瓜子，甭管是葵花籽还是西瓜子，一看电视就咔咔地开嗑，那时候我就有一个梦想，谁要是把瓜子都剥好了给我吃那得多来劲啊，我得左一把五香的，右一把奶油的，没曾想吃螃蟹的时候算是圆了儿时这个梦了。

有人要问了，你们这些吃货就知道吃螃蟹腿，螃蟹身子咋办！别急，这还有米粉和炒饭吃，而且统统是蟹肉做底，给的巨多。我前面好像抨击过那些牛肉给的比米粉还多的国内店家，但对于蟹肉来说，那还是越多越好的。

在94馆，无论螃蟹腿有多地道也请你的肚子再多腾出一只整蟹的空间来，因为软壳蟹不能不吃啊。软壳蟹其实也都是"直男"，只是在特定的时候才会变弯。作为一只螃蟹，长大很不容易，一生当中要经过13次褪壳，每一次蜕变长大就如同新的生命开始，在脱壳的同时螃蟹还会脱去鳃、食囊、内脏，因而全身没有原来的一丝污垢。

软壳蟹在自然界非常难得，螃蟹新的外壳会在脱壳的数小时后接触到水而逐渐变硬，所以得趁软乎赶紧给做熟了。在越南软壳蟹的做法超级简单，把软壳蟹拎过来不需要做任何处理，直接用剪刀左右分开，裹面糊开炸，熟了之后蘸上椒盐就可以上桌了。

炸软壳蟹绝对是治愈系的美食，只有这会你才能找到大块吃肉大口喝酒的快感。作为一支有文明有纪律的队伍，我们争分夺秒地结束了战斗任务，大家扶着墙从2楼走出馆子，打算找个甜品店消化消化。

第7顿：白藤椰壳冰淇淋

又是一家在黎利大道上的老字号，如果把范妮比作精品菜的话，那它就是学校里的大食堂，东西没那么漂亮但是味道好、分量足，要知道分量足对于吃货来说有多么重要。

从椰壳冰淇淋的店名就知道我们应该吃什么口味的了，其实这家的榴梿冰淇淋同样值得尝试，你可以从特有的榴梿香味中体会到那种黏喉的感觉，这绝对是上等货色才可以有的特征。

胡志明市也叫西贡，西贡是统一前南越首都的名字，越南统一后才更名为胡志明市。但我打心眼儿里还是觉得西贡这个名字更加洋气，特别有小资情调。

现在的西贡完美地融合着欧洲文化和东南亚特质，到处弥漫着浪漫主义气息，这种坐落在街角的小店在范五老街、同启路、黎圣宗路附近比比皆是，你无论是想去吃一顿简餐，还是和朋友情侣聚会聊天，都有数不清的选择。

我最喜欢坐在二楼靠窗的位置，看着下面涌动的车流，体会这份午后的闲暇时光。

看看时候不早，我想该去给晚餐打打前站了……

第8顿：清平

晚饭我们说好了，就在边城市场的大排档来解决，边城市场白天我们来过，每天晚上7点钟的时候市场左右的两条路就开始禁行了，所有大排档里的摊贩开始推着车涌向这里，一个个的大棚整得跟变形金刚似的，没几分钟就能准备妥当。

你看我们是有多着急，6点就来了，结果还没开摊。为了让大家开开胃，我决定去边上的"清平"先整几个特色菜。

清平就在边城市场的对过，主要供应各种面食和套餐，其中最受欢迎的应该算是肉卷甘蔗和蟹肉粉丝了。

在越南的很多小吃店中我们都可以看到用叶子包裹住的熟肉，吃一块算一块的钱。起初我以为叶子就是保鲜的功效，后来在去过一个肉食作坊之后才明白其中的博大精深。这些用蕉叶包起来的主要是猪肉和鱼肉，那么这些肉是怎么烹饪的？我保证给你10次机会都猜不出来。

其实这些肉放进叶子里面的时候都是生的，作坊中

的人会把生肉绞成很细很细的肉泥，加上胡椒和盐进行调味，之后把一段一段的肉泥灌装在小的塑料袋中，然后包裹在这些叶子里面。

记住这会儿还都是生肉，然后呢？然后直接把这些肉一串一串地晒在太阳底下，一个星期肉便熟了，剥开一只尝尝，那句话怎么说来着，我们不生产熟食，我们只是肉肉的搬运工。

除了当搬运工，在清平的越南大蜗牛也不要错过。这是一种越南的食用蜗牛，一个个长得都有鸡蛋那么大，来越南以前我只吃过两种做法，一种是小时候在河边捞的螺蛳，回家煮了用牙签挑着吃；另一种就是西式的焗蜗牛，味道一般般。

而在清平厨师会把蜗牛里面的肉掏出来剁碎和香草、香茅裹在一起放回到蜗牛壳里面蒸熟，长长的香茅会伸出壳子，往外一拖肉就出来了。

从清平结了账，天色已经暗了下来，大排档那边浓烟四起，看来是已经张罗上了，兄弟们冲啊！

第9顿：边城市场大排档

在边城的夜市里面，一圈有好几个大排档，而我只去一家叫"Hai Lua"的，本土、正宗。

越南的天气有多热去过的人都知道，但在Hai Lua里面，所有点菜的服务生都是西服马甲特别正式，冲这一条你就不会找错地方。这也反映出越南人对饮食的一种态度，无论是高档的餐厅还是市场中的大排档，都能起范儿。

Hai Lua是个海鲜排档，原料非常新鲜，吃什么最简单的方法是看看别的桌上，照着点就好了，不过作为这里的中方资深顾问，我还是负责任地推荐两种必吃之菜。

第一个是虾，虾这种食物宽容度特别高，只要新鲜生吃都是好的，要说有个厨子把大活虾做得让你吃不下去，那八成是跟你有深仇大恨。但是虾也不能乱吃，在Hai Lua就有一道用新鲜椰子做成的大虾，这道菜没有中文名字，我暂且叫它"火焰椰浆虾"吧。

火焰椰浆虾端上来，中间是一颗新鲜剥好的椰子，已经打开了盖子，里面都是椰子的原浆。在椰子开口的一圈，挂着20多只特别新鲜的大虾，椰子的周围摆了一圈固体酒精，点着了酒精，整个椰子就都被包围在了火焰当中。没过一会儿，大虾的颜色就变成了红的，说明虾子已经熟了，而这时椰子里面的椰汁也煮热了，边上的服务生会帮食客把所有的虾一只一只剥好，扔到椰子里面再滚上几分钟。从椰汁中夹出来的大虾个个干净饱满，吃起来不仅肉质弹牙，还可以体会到天然椰浆的香气，不可错过。

另一个我回回必点的就是越南火锅了，咱们中国人可是吃火锅的行家，甭管是重庆的九宫格还是老北京的景泰蓝大铜锅都能吃出个所以然来，而越南的锅子也有自己的特点。

相比之下四川火锅的汤底浓墨重彩，用上好的牛油和各种辣子熬制而成，不用小料也觉得味道十足；老北京的涮肉更神奇，别看放的就是清水，功夫都在料里面呢；而越南火锅味酸，这酸味我们介绍过都是天然的，那就是罗望子的味道，每一份火锅高汤都是用罗望子和各种热带香料以及牛肉汤熬成的，酸辣却不猛烈，让人回味悠长。

在国内吃火锅的场景通常是一大帮人，围着一个锅子，喝着啤酒吹着牛皮，一盘盘的牛羊肉涮一份吃一份，没一会盘子就摞起来了。而越南火锅就像一顶翻过来的帽子，帽子里面放的是汤底，帽檐上摆满了要涮的食材，通常一半是空心菜，另一半是各种海货，以鱿鱼、大虾和贝壳为主，一份火锅就是这么一帽檐涮菜，吃货们也觉得量足够了。

海鲜和空心菜要分开来涮，先把所有的海鲜推进锅子里面，待熟了之后捞出来放在帽檐上就可以分食了，这时候再把蔬菜扔进去，随吃随夹。越南火锅的汤底是最点睛之笔，绝不能浪费，通常我都会要一份鲜米粉，在汤底中过一下，再舀上两勺高汤，呼噜呼噜地能吃好几碗。

吃货小分队自然也得我真传，吃到最后的环节已经演变成服务员加汤，服务员加一份米粉，服务员再加一下汤，服务员再上一份米粉，服务员换一个酒精炉，服务员加汤……

那一夜我这个米粉小王子的光辉渐渐褪去，无数颗新星冉冉升起，为了不浪费最后一滴高汤，个别队员颤抖着用它服下了决定我们胜利的一片吗丁啉，大家结伴向最后一个战场出发了。

第10顿：酸奶自助冰淇淋

在范五老街尽头的丁字路口上可以很方便地找到这家店，进了店之后每人取一个不同号码的碗，十几种酸奶冰淇淋想吃哪种就挤哪种，自己组合好了之后还可以加各种坚果、糖果，最后按分量算钱。其实这不是什么新鲜玩意，记录在案只是为了回忆一下吃货们的种种罪行。

从第一顿宵夜开始，团队已经艰难地连续吃了将近20个小时，竟然没有一个人掉队，表现出了非常过人的消费能力和消化能力，一行人在完成了深夜发图发微信等一系列炫耀工作后回到酒店。

为了庆祝这一天成功的带团工作，我买了一包薯条，一瓶啤酒。

光说吃了，介绍介绍喝的

越南不光是个能从早吃到晚的地方，也是个能从早喝到晚的地方，我给大伙捋一捋饮品清单，别就知道喝可乐，还能不能一起愉快地玩耍了。

凉茶，这回忆一下就得拉回十年前了，我记得第一次去越南，吃得第一顿饭就是路边的米粉，那会儿没钱啊，要完了米粉人家又给倒了两杯凉茶，还担心要不要钱啊。

其实小摊儿上的凉茶都是不要钱的，每个桌子上都有几只杯子，你用我用他也用，通常凉茶会放在一个塑料壶里面，喝多少倒多少。

甘蔗汁，大伙往前翻吧，讲过啦。

咸柠水，也是我最爱，没有之一。咸柠就是用盐水腌制的青柠，经过几个月的时间让青柠脱水变咸，在很多港式的茶餐厅中都有一种叫咸柠七的饮品，就是用咸柠加七喜。不过我更喜欢原始一些的越南做法，把一整颗咸柠从罐子中取出来捣碎，加上大量的冰块和水，就这么简单。燥热的天气里，人体会丢失很多盐分，用咸柠水来补充体能是最好不过的了。

Shake，这是最惊艳的越南饮品，种类之繁多可以和鸡尾酒媲美。Shake做起来超级简单，一大杯冰块、两勺奶昔、一点点牛奶，把你喜欢的任何水果一起扔在一台破得掉渣的搅拌机里面，搅拌一分钟就成奶昔了。

喝点香蕉、芒果之类的奶昔肯定没错，但是过于俗套，应该尝试一些平时不太能够直接喝进去的水果，比如百香果、牛油果，如果有选择困难症就来混合的。Shake好喝却也腻人，一大杯下肚，凉是凉快了但一点都没解渴，还得继续喝。

该说说咖啡了，这是越南消耗量最大的饮品。越南人喜欢咖啡远胜于茶，在越南的咖啡文化是非常底层的，而且带有强烈的性别取向。路边上的咖啡馆一大早就坐满了人，清一色的大老爷们儿，摩托车往边上一停就开始看报聊天，而女人们早就开始辛勤地工作了。

且不说越南咖啡的豆子怎么样，单是喝的方法就和全世界其他地方都不一样，不需要任何高科技的机器，一只滴漏、一壶开水，无他。滴漏就是一个有带孔的小碗，里面放满了咖啡粉，倒上热水，咖啡就一滴一滴地渗到下面的杯子当中，因而得名"滴漏咖啡"。越南人的口味比较重，纯纯的滴漏咖啡不加糖不加奶 甚至不加冰，黑漆漆的一杯下肚，感觉一个星期都不用睡觉了。对于游客来说，加了炼乳的越式咖啡就友好多了，滚烫的咖啡从滴漏中滑落下来，正好融化掉杯底的一层炼乳，加上冰块，一杯纯正的越式冰咖啡就做好了。细品之下，甜滋滋的口感中咖啡的味道依然十分浓郁，推荐一试。

做个终极吃货

我承认我对越南美食中毒甚深，所以能解毒的良方也只有一个，学会它。

其实在前几年去越南的时候，我还是个只会吃的吃货，虽然回到家里也尝试着去做，但始终不能触达心灵，说通俗点儿就是，不对味儿！后来才打算找个当地的"蓝翔技校"系统地学一学。

在越南的很多城市你都可以找到当地的烹饪学校，学习用本地的食材去料理越南美食。这主要是针对游客的项目，能学到的自然也是经典中的经典。

通常烹饪学校都是半天的安排，一大早先带你去逛菜市场，买这一天要用的各种食材。中国人学做菜领悟得很快，主要是咱们的底子都不错，起码的刀工和煎炒烹炸都有过接触，一块上课的时候就很明显，常做冷餐或者汉堡沙拉之类的欧美学员都表示压力山大，平时料理机用得多了，切个胡萝卜丝都跟薯条似的。

每一间学校的课程都不太一样，而且从周一到周五的菜单也都不同，你可以挑选平时你最喜欢的菜式来学习，对于我这种超级吃货来说肯定是全日制的。

说到这儿，我那越南餐厅的计划可真得抓紧了！

还有，开头那造句你觉得写成什么比较合适呢？

移民新选择

为啥去
WHY TO GO

　　泰国是个要多俗有多俗的地方，我感觉八成中国人的第一次出国都献给这了，你问这些人泰国有意思吗，那肯定还是好玩的，毕竟好多人是第一次出国，一切都是新鲜的。

　　再问问都玩什么了？看庙、骑大象。

　　那都吃什么了？中餐八菜一汤。

　　还买什么了？大宝石呗！

　　你能得到的信息到此为止，对于喜欢自己玩的人来说毫无价值。有很多人一定会问了，你这也看不起那也看不起的，你说泰国除了看庙骑大象还能玩什么？那我一定会对你说三个字：任何事！前提条件是你得了解它，才会发现这是个要多好玩有多好玩，想怎么玩就怎么玩的地方。

　　我去过泰国很多次，最初免不了走马观花，大皇宫这种地方好歹得给点面子吧，就像来北京能不去天安门吗？泰国可去的地方特别多，有专门给文艺青年们发呆用的清迈，也有给潜水爱好者准备的各种海岛，甚至还有专门用来宣泄人类荷尔蒙的满月派对，但我发现这都不是我的菜，玩来玩去似乎只有曼谷才是我最喜欢的地方。

在我心目中泰国曼谷是亚洲的时尚之都，跟它比起来上海缺少了一份包容，东京缺少了一份激情，唯有曼谷才是真正的大熔炉，不管什么事什么人都能在这里找到自己的空间和位置，男人、女人、既不男也不女的人，大家相处得其乐融融。这叫啥？和谐！

在曼谷的玩并不是玩曼谷，而是在曼谷可以玩任何你想玩的东西，每一类玩家都有自己的圈子，且统统表现为一个特征——深。

我这个人爱好特多还都挺杂，除了吃，复古、模型、汽车、摩托车也都是大爱，但到了曼谷之后才发现到处都是大坑，深不可测……

对于没有自制力的人来说，这就是一条不归路，有去无回啊！

还想来不？

咋玩的
HOW TO PLAY

吃好喝好，从机场开始

回想起第一次去泰国的时候，我还是一只"小小鸟"，而且是绝对的"菜鸟"，那不堪回首的跟团经历、那些地陪丑恶的嘴脸、那些强制消费的骗人伎俩让我对泰国一点好感都没有，所以再次打算去泰国的时候已经是5年之后了。

作为自助游一族，在机场过夜那是经常要遇到的情况，虽然没有露宿街头那么悲惨，但是如何打发这整晚的时间，可也得做好功课。

方法一：放慢节奏，平时五分钟干完的事情尽量十分钟做完，能多磨蹭一会儿是一会儿；

方法二：找个能吃能喝的地方歇着，最好还是24小时的，这就该引入正题了，机场有这样的地方吗？答案是有！至少曼谷机场有，还特别便宜。

曼谷机场看起来像个小号的北京T3，建筑风格颇有相似之处。从上到下分为三层，给游客提供餐食的地方都集中在了上面，味道好不好在其次，价钱可真够贵的，看来

天下机场一般黑啊。

　　还是继续往前走吧，来到机场最远的一头，从三层坐电梯到一层，你会发现一个专供空乘人员吃饭的快餐厅，空空荡荡的，偶尔会有几名食客。

　　在门口的地方可以买饭票，100泰铢一本，足够你吃两份快餐外加一杯饮料，极其超值！和国内的大食代一样，每个窗口可以选不同的食品，这里首推泰国米粉和猪肘子拌饭，味道好吃得不得了，再来一杯香浓爽滑的冰咖啡提提神，这一晚上可就好过得多了。

泰餐所具备的四种元素和越南很像，甜酸辣咸，而且也是一个鱼露应用的大国，不过在主食和酱料方面却有着很大的不同。

泰国的米好，这是毋庸置疑的，以前流行泰国香米的时候，家里做米饭总是用普通的中国大米配一小碗泰国香米，味道确实不一样。大米好主要是因为泰国的水稻种类繁多，我们所谓的泰国香米就是其中之一，长长的米粒芳香扑鼻，在泰国最高品质的水稻叫Jasmine rice，茉莉香米。

泰餐的口味相比越南、老挝来说要浓厚一些，这主要和泰式的辣酱咖喱有关，很多带有汤汁的菜肴都离不开咖喱的身影，口味上倒是和马来西亚的娘惹菜有些许相像。

我觉得泰国最出名的三样东西是：人妖、泰拳、冬阴功。第一样享受不了，第二样也不太能受得了，所以剩下来的冬阴功还是要尽可能地尝试一下。

在泰国吃饭是我最不用操心的一件事，不仅食材新鲜有保证，各家入驻的厨师也都是一流的，无论是法餐还是日料，你就留好了肚子吧。

飞清迈 装装文艺青年呗

在泰国的行程为了做到"荤素搭配"，我们在普吉简单逗留了2天，就奔赴下一站行程——位于泰北的清迈。这是泰国的一座古都，被称为著名的历史文化古城，建于1296年。在这里我们将探访长颈族和大耳族部落，去世界上少有的能和老虎一起玩耍照相的公园，如果有机会还可以参观当年邓丽君在清迈美萍大酒店住过的总统套房。

长颈族是泰国北部与缅甸边界的一个少数民族喀伦族的一支巴东族所组成的，实际上"长颈女"的颈部长度和普通人并没有什么两样，而是她们的锁骨和肩胛骨因铜圈的长期压迫而下陷，因为显得脖子很长。按照他们的风俗，女孩在5岁的时候就要在颈及四肢套上铜圈带上1公斤的铜环，10岁开始便每年在颈上多加一个，一直到25岁为止。

长颈族在以前多数是因为迷信和风俗让女人在脖子上戴铜圈。现在除了风俗以外，多是因为生计——为了吸引游客前来。当时我们参观的时间是星期一，整个部落里面

的人很少，询问之下原来孩子们都去上学了，部落里只有少数的年轻姑娘还保持着长颈的样子。

　　大耳族和长颈族不一样，不是真正有很大耳朵的人，而是把耳垂用各种圆形的东西撑到很大的尺寸，这和长颈族的培养过程在我看来没什么两样，就是趁着年轻一点一点地尝试着身体的极限，直到外人看到好惊讶的程度。

　　不过不管怎样，部落中年轻的女孩子沿袭这种风格的越来越少了，相信社会的进步能让她们保持自然的美丽。

对于国人来说，清迈最为出名的还是邓丽君生前住过的美萍酒店，在这里，十几年前年仅42岁的她遗憾地离开了我们，留下的只有美丽的歌声和颇具悬念的死因。

来到美萍酒店，和服务生报上门牌号码，只要房间没有住客就可以免费参观（但据说现在已经不行了）。房间的设施看得出来已经有些年头，虽然和现代大都市五星级酒店豪华套房相比有着不小的差距，但却让人感到一片舒适与宁静。

清迈可玩的地方也不少，第二天我们兵分两路，一路去了当地的女子监狱体验女囚泰式按摩（这口味也是够重的）；我则是深入高山丛林，感受滑索带来的高速快感。

之前我在加拿大也体验过滑索项目，从这两个国家的区别来看，泰国滑索还是更为原始直接，如果用车子来形容的话，一个是自动挡，一个就是手动挡。

从清迈市区坐车40分钟，来到附近的山中，温度一下子降低了五六度，即便穿上一件风衣都不会觉得闷热。安全设备大同小异，滑扣、安全帽什么的一应俱全，唯一多了一根竹棒，这东西可是非常重要，出不出事就全看它了！

它是用来负责刹车减速的装置，每每高速滑到尽头的时候都要用它勾在索道上减速，减得小了难免会冲到树干上，减大发了也不行，那您就悬中间过不来了，这手刹的应用可还真是要熟悉几次呢，和加拿大的自动降速装置比起来，这个绝对刺激，特别地东南亚。

再来看看地形，所有滑索的树干都有几十米高，每条速降的路线绝不重复，既有平缓悠长的，又有短距极速的，整个过程中要经历15~20个索道，绝对让你大呼过瘾哦。

雷死个人的博物馆们

我之前老说人家印度重口味，但仔细想想，印度虽然看起来不太靠谱儿，可也算是在"及格线"之上，其实最没底线的还得是泰国，这个判断可是有根有据，绝不瞎扯。

我对常规景点没什么兴趣，去博物馆！

这下可热闹了，看看曼谷都有些什么博物馆吧。

进去首先看到监狱博物馆。在曼谷的老监狱里可以看到很多酷刑的刑具，还有一些执行死刑的方法。虽然罪犯伏诛大快人心，但看着这些场景还是让人毛骨悚然，这威慑的目的绝对算是达到了——别犯事儿，犯事儿就这儿伺候了。

再看看赝品博物馆，这是个私人收藏的博物馆，摆着很多律师机构收集的赝品，种类繁多，几近乱真。这地儿要是开个类似义乌的批发市场肯定会火。

继续看看重口味的，法医博物馆。一般人不会来这儿，里面的展品特别多，全是各种尸体，断手残肢、被枪崩开花的脑袋……基本上都是因为凶杀案或者交通事故遇害而留下来供法医鉴定的遗体和照片，看到这些你会发现电影里的镜头跟这相比可收敛得太多了。

博物馆里最中间放着一具站着的尸体，这个人叫西威，20世纪50年代臭名昭著的连环杀手，杀害过好几名儿童，到头来他还是留在这永远供世人唾骂了。

法医博物馆在诗丽拉吉医院的28号楼，在它旁边的27号楼还有个解剖学博物馆。法医博物馆都看了，解剖学博物馆也不在话下，走，去看看吧。

两个楼紧挨着，说是博物馆，其实它还是很正式的学院，里面还有学生在上课。在参观的时候也尽量不要打扰他们的正常教学活动。

看着屋里开着无影灯似在开膛剖腹地做手术呢，我赶紧退了出来。楼道里指示牌的意思我不是太明白，看见面前有个亮堂的房间就走了过去，里面可真凉快，还有一个个大冰柜……等等，这是什么地方？

哎呀！太平间啊这是！！！

走，跟哥去看看车

曼谷是玩车的天堂，更是把玩老车的绝佳之地，坦白地说你在曼谷搞不定的车，那在别的地方也就很难玩转了。日本、台湾地区、大马、泰国这几个地方玩车的理念比较相像，毫无疑问日本是亚洲的先锋代表，但泰国在效仿与追赶的道路上从未停歇，我有些台湾地区的朋友也移民到了泰国曼谷，不为别的，就为了能更好地玩，更好地享受人生。

我遛大街轧马路最喜欢看的就是当地的车，在曼谷街头值得看的就多了去了，当地的经典车非常多，以日本车和德国车为主。就拿奔驰来说，各个年代各个型号应有尽有，而且改装和修复得都极有品位，绝不胡来，这点倒是与东南亚群众的一贯作风大相径庭。

作为一个车迷，来到曼谷必须到两个地方膜拜。这第一站就是曼谷边上的拆车城，说是"城"还真是没夸张，进去之后没一天根本就出不来。

拆车城卖的都是拆车件，在我们大广州也有这样的行当，但是规模就没有这么庞大了。这儿的每一个店家都只专注一个品牌或者是更加细致的领域，比如只卖宝马发动机、只卖路虎的车头，所有车上的东西大到底盘、小到灯泡统统可以买到。

在泰国玩车的成本和门槛都非常低。发动机干废了，变速箱玩坏了，这些看起来的"重伤"在这都不是事儿，二手的机器堆得跟山似的，随便换。经常可以看到一些车友开着自己的皮卡到这里选配件，就跟我们逛宜家的感觉是一样的，也忒幸福了。

另一个必去之处也在曼谷的城外，是个纯粹的私人汽车博物馆——古董车博物馆（Jesada Technik Museum）。Jesada是这家博物馆的主人，在他的汽车博物馆里你可以随手触碰这些极具年代感的历史产物，主人也不担心车子被人损坏，能被人喜欢也是他个人的最大满足。

这里的藏品有几百台，从品牌到车型都特别杂，但所有的车都有一个统一的标准，就是微型。假如你也是个车迷的话一定会知道宝马的依赛塔，这几乎是我知道的最小的汽车之一（Peel P50更小），你会发现在这里有无数种比依赛塔还要小的车子，让我这个从事汽车报道十多年的人也大开眼界。

博物馆每个月都会有学校组织学生参观，而Jesada会热情地为大家准备好早餐。对当地人来说，汽车是了解世界文化的一个途径，而古董车能带来的恰恰是文化长河中时光岁月的传承与延续。

每每想到这里，我都会无比羡慕曼谷的兄弟们。听说泰国有个移民养老计划，或许过些年我可以试试。

在曼谷收破烂儿

曼谷的商场和市场出奇地多，大商场在城里边一个接着一个，相互之间好多都连着，进去之后就不想出来，而且想出来也出不来，进去以后完全是迷路的状态，相比之下我还是更喜欢曼谷的市场，在市场中你可以捕获到各种意外的惊喜。

曼谷市场的种类很多，有地上的，也有水上的，甚至还有火车道上的，容我一一道来。

位于曼谷城北的加都加周末市场算是曼谷地标性的露天市场了，不仅在泰国本土鼎鼎大名，就连很多外国游客都慕名而来。这些年来它的档次越来越高，一点都不山寨了，甚至有很多自主服装设计师在这里售卖自己设计剪裁的作品。

加都加周末市场差不多有15个足球场大，每个周末都有十几万人在市场各个摊位间流动。加都加原来是露天摊位，由于气候长年炎热，雨季时间又长，许多商铺都搭盖了简易的顶棚，遮阳避雨。后来曼谷市政府对加都加进行了环境改造，将各商铺有条有理、分门别类地排列起来，盖上顶棚，配置了相关设备，统一建立了公厕，分出了"街"和"巷"。

加都加里有牌照的正规商铺就不下9000家，加上在市

场周边摆地摊的和做小买卖的，共有上万家之多。粗略逛逛整个市场，也至少要花上一整天时间。市场里有服装、手工艺品、古董、药品、书报唱片、奇花异草、瓜果蔬菜、风味小吃和各种各样让人意想不到的东西。市场主席都说了："如果在加都加都找不到你想要的东西，曼谷其他地方就更不可能了。"

　　市场的每个分块都有自己主打的项目，就像上面介绍的那样，不过因为面积太大了，也会有不少雷同的商品。我的建议就是每类只逛一部分既可，看到喜欢的东西及时出手，因为市场地形复杂，想要返回寻找，有时非常麻烦。

　　加都加相对来说是很大众的选择，下面我们就换一个场景，把市场挪到水上去。

曼谷周边的水上市场也有不少，比较大的应该是丹能莎朵水上市场（Damnoen Saduak Floating Market）。丹能莎朵的河道来自湄公河河水支流，每天早上这儿的长尾船就已经准备妥当，游客一来就可以包船前往。在丹能莎朵，所有的事情都可以在水上完成，这里的居民家家户户靠水上交易度日，买卖水果、做饭休息。每天清晨的时候，河道里面最热闹也最拥挤，看来早高峰不仅是中国的，也是世界的，想看堵船挑这个时间来，准没错。

世界上的水城要数威尼斯最著名，它的水道两边都是有着悠久历史的华丽建筑和雕塑，而在东南亚的水上市场真是简陋到啥都没有，但其浓郁的市井气息却让人觉得这里生气十足，一条条木船荡漾在这河道里面，随便拍一张，都是风情浓郁的风景明信片。

天黑请闭眼，我们要继续换场景了；天亮请睁眼，这次来到了火车道上，对，还在跑火车的火车道上。

曾经网上有一张动态图特别火，一辆火车从一个大菜市场中间穿过，刚才还摆满了摊位的火车道上瞬间就清空了，等火车一经过立马又搭回来，跟变魔术似的。当时我就说这地儿必须找到去看看，那会儿互联网检索的功能还不是特强，我也一直没搞清楚这是什么市场，直到这回到曼谷，才发现原来这就是美功铁道市集（Maeklong Railway Market），

一个神奇的地方。

美功铁道市集其实也就巴掌大点儿的地方，可非得占着这么一小节铁路，而到美功站的火车一天来来回回好几趟，光收遮阳伞就得折腾好几番。估计是因为那个视频传得太火了，来美功市场的外地游客越来越多，反倒是当地人都成了陪衬了。

美功站的火车几乎没有准点的时候，但还需依靠站牌时刻表作个参考。每天一到时间，也不知道从哪儿就冒出来一大堆外国人，什么时候路口的安全杆一落，那火车就是要来了。

摊贩和摄影师们立马忙叨起来，各种单反大长焦也都

工作上了，沿着轨道一定会有两排萌妹子在那自拍，没多一会火车慢吞吞地开过来，下面的人和车厢也就相距不到一米的距离，这会儿的相机快门已经进入癫狂状态，噼里啪啦地不拍到手软绝对不放手。

随着火车进站，拍摄一下子就结束了，要是现在估计就会出现几百人同时发朋友圈的壮观场景，而这么让人兴奋的过程当地摊贩表示毫无乐趣可言，从照片中就能发现一个个小贩完全没有表情，似乎心里面一直在嘀咕：哼！你们这些土老帽！

不得不说在曼谷逛市场是一天的重要任务，现在天色已晚，这时候了还能有市场吗？还真让你说着了。每个周末的晚上，在加都加周末市场边上还会有一个更加火爆的曼谷复古市集，曼谷所有喜欢旧物的人都会到这儿，你也可以开着自己的车来摆摊，这绝对是一天行程中的亮点。

复古市集里的旧物多来自于欧美，单是从这点就可以看出泰国对各种文化的包容和喜爱。很多都是经过挑选过后的舶来品，因此无论从品相还是从稀有程度上看完全不输给任何一个欧美的跳蚤市场，对我这样的人来说只能是把钱花光才能停下手。

说到这，我又得感慨一下子了，身边那么多朋友都奔美国了，可我看来看去还是曼谷得劲儿啊。